गुज़र क्यों नहीं जात

गुज़र क्यों नहीं जाता

धीरेन्द्र अस्थाना

वाणी प्रकाशन

वाणी प्रकाशन

4695, 21-ए, दरियागंज, नयी दिल्ली 110 002

फ़ोन : +91 11 23273167 फ़ैक्स : +91 11 23275710

शाखाएँ

अशोक राजपथ, पटना 800 004, बिहार

कॉफ़ी हाउस कैम्पस, महात्मा गांधी मार्ग, इलाहाबाद 211 001, उत्तर प्रदेश

महात्मा गांधी अन्तरराष्ट्रीय हिन्दी विश्वविद्यालय, वर्धा 442 001, महाराष्ट्र

सुल्तानिया रोड, मोतिया पार्क, भोपाल 462 001, मध्य प्रदेश

www.vaniprakashan.in
marketing@vaniprakashan.in
sales@vaniprakashan.in

GUZAR KYON NAHIN JATA
by Dhirendra Asthana

ISBN : 978-93-89563-21-4
Novel

प्रथम संस्करण 2019

मूल्य : ₹ 199

सिटी प्रेस, दिल्ली-110 095 में मुद्रित

वाणी प्रकाशन का लोगो मक़बूल फ़िदा हुसेन की कूची से

उन्हें

जो मुझे ख़त्म करना चाहते थे

और उन्हें

जिन्होंने मुझे बचा लिया

गुज़र क्यों नहीं जाता

रचनाप्रक्रिया और प्रासंगिकता

हाँ आज मैं लिखकर स्वीकार कर रहा हूँ कि मेरी रचनाएँ मेरे साथ घटी सच्ची घटनाओं, दुर्घटनाओं, अनुभवों और यथार्थ से गुज़रकर ही कहानी, उपन्यास या संस्मरण में ढलती हैं। अगर प्रतिशत की बात की जाये तो भुगता हुआ सच अस्सी प्रतिशत और कल्पनाशीलता बीस प्रतिशत। इस उपन्यास के साथ भी ऐसा ही है। क़िस्सा शुरू होता है सन् 1989 के जून-जुलाई से। साप्ताहिक 'चौथी दुनिया' दुर्दिनों से गुज़र रहा था। कार्यकर्ता उद्वेलित और उद्विग्न थे। सम्पादक के बाद के दो मज़बूत स्तम्भ अख़बार छोड़कर एक अन्य अख़बार के लिए लखनऊ शिफ़्ट हो गये थे। एक लम्बी हड़ताल के बाद आख़िरकार सितम्बर 1989 में अख़बार बन्द हो गया और कर्मचारी सड़क पर आ गये। अक्टूबर 1989 के आरम्भ में मैं बिना बैंक बैलेंस के सड़क पर था। दोनों बच्चे छोटे थे, ज़रूरतें दैत्याकार थीं। सिर्फ़ रेडियो और दूरदर्शन के दोस्तों की बदौलत यह लेखक दिल्ली में जीतोड़ संघर्ष कर रहा था।

संघर्ष की इस सड़क पर सुस्ताने के दो जग प्रसिद्ध अड्डे थे। पहला राजेन्द्र यादव का 'हंस' कार्यालय। दूसरा अरुण माहेश्वरी का वाणी प्रकाशन। दोनों ही दरियागंज के अंसारी रोड पर मौजूद हैं। ललिता टिफिन बनाकर थैले में रख देती थी। मैं लंच यादव जी के साथ उनके दफ़्तर में करता था। इसके बाद अपनी ज़रूरत के फ़ोन मैं यादव जी के लैंडलाइन से कर लेता था। एक दिन फ़ोन करने के लिए मैं अपनी छोटी डायरी थैले में तलाश रहा था कि यादव जी ने मेरे सामने एमटीएनएल की डायरेक्टरी रख दी। मैंने पूछा यह क्यों? यादव जी बोले—इसमें ज़्यादा नम्बर हैं। फिर गूँजा उनका 'चिरपरिचित' ठहाका। यादव जी के

दफ़्तर से निकलकर मैं वाणी प्रकाशन आ जाता था। वाणी पहुँचने के दस मिनट बाद बिना बोले ही चाय आ जाती थी। कभी-कभी अरुण जी बरफी वगैरह भी मँगवा लिया करते थे। वहाँ पुस्तकों और वहाँ आते रहने वाले लेखकों के साथ दो-तीन घण्टे आराम से गुज़र जाते थे। यह आलम तब था जब वाणी से मेरी कोई किताब नहीं छपी थी। तब तक शाम बीत जाती थी और कुबेरदत्त के कनॉट प्लेस स्थित दूरदर्शन केन्द्र जाने का समय हो जाता था। यह प्रसंग यहाँ विराम लेता है क्योंकि इस उपन्यास में कुबेरदत्त ईश्वरदत्त नामक चरित्र के रूप में जीता जागता उपस्थित है।

यह संघर्ष चला 15 जून 1990 तक यानी लगभग नौ महीने। इसके बाद का अफ़साना इसी उपन्यास से–'सोलह जून 1990 की शाम दिल्ली से बेदखल होने की एकमात्र गवाह केवल ललिता थी। वह बड़ा ही बेहूदा-सा दृश्य था। ललिता मुझे दिलासा दे रही थी मैं ललिता को दिलासा दे रहा था। दिलासे के इस आदान-प्रदान के उस कठिन समय में हम अलग-अलग अकेले थे फिर भी आशा के पुल पर डटे हुए थे। मैं इस दुख में सराबोर था कि यह जलावतन है। ललिता इस उम्मीद से चिपकी हुई थी कि यह बदलाव है और शुभ है। पाँच बज गये थे और मैं ट्रेन के पायदान पर खड़ा हो गया था। ट्रेन सरक रही थी और ललिता ट्रेन के साथ दौड़ रही थी। उसी समय एक आँसू आया जिसे आँख से उठाकर मैंने ललिता की हथेली पर रख दिया। 'मैं इसे मंगलसूत्र की तरह सँभालकर रखूँगी' ललिता बोली थी। मुझे याद आया, दिल्ली में ललिता का मंगलसूत्र बिक गया था। ट्रेन तेज़ हो गयी थी। ललिता धुँधला रही थी। मैं जीवन में पहली बार निपट अकेला होने जा रहा था। वे कहीं नहीं थे। बारह साल तक मैं इस भ्रम को जीता रहा कि वे हैं और मेरे लिए हैं लेकिन वे नहीं थे। मेरी ज़िन्दगी पर उनके दरवाज़े बन्द हो चुके थे।'

तो सोलह जून 1990 को मैं शाम पाँच बजे की पश्चिम एक्सप्रेस पकड़कर मुम्बई जा रहा था जहाँ मुझे दैनिक जनसत्ता ज्वाइन करना था। यह मुझ पर प्रधान सम्पादक, प्रखर पत्रकार प्रभाष जोशी की अनुकम्पा थी जिसका रास्ता पत्रकार मित्र आलोक तोमर की गलियों से होकर निकला था। जनसत्ता ज्वाइन करने के बाद तो नयी चुनौतियाँ, नये शहर का जीवन, नये शहर में खुद को टिकाये रखने की जद्दोजहद चलती रही

और आख़िर मुम्बई जैसे शहर में 'सबरंग' के मार्फत लेखक का ठाठ ठाठें मारता रहा। लेकिन दिल्ली में दुख में डूबे नौ महीने नहीं गुज़रे तो नहीं गुज़रे। तभी एक हादसा हुआ। नहाने के लिए पानी गर्म करने के बाद जब मैं उसे उठाकर बाथरूम में ले जा रहा था कि वह पानी मेरी जाँघ के ऊपर आ गिरा। तकलीफ़, दवादारू के बाद मैं तेरह दिन की छुट्टी लेकर बेड रेस्ट पर आ गया। यह 1996 का वाकया है जब 'सबरंग' की शोहरत शिखर पर थी। इन तेरह दिनों का सदुपयोग मैंने दिल्ली के दुखभरे नौ महीनों को आकार देने में किया।

मैंने इस उपन्यास को नाम दिया था—'नौ महीने' क्योंकि बिना शीर्षक दिये मैं कुछ नहीं लिख पाता। ग्यारह दिन में ही उपन्यास लिख लिया गया। बाक़ी दो दिन उसकी पांडुलिपि बाउंड कराने आदि में गये, चौदहवें दिन मैंने दफ़्तर ज्वाइन कर लिया और सबरंग के साहित्य विशेषांक में व्यस्त हो गया। एक रात मैं शायर निदा फाज़ली के घर में बैठा था। मैंने उन्हें अपने उपन्यास की थीम सुनाई और कहा कि वह कोई लयात्मक शीर्षक इस उपन्यास को दें। निदा साहब ने तत्काल अपना एक शेर अर्ज किया—

बेनाम सा यह दर्द कहीं ठहर क्यों नहीं जाता
जो बीत चुका है वो गुज़र क्यों नहीं जाता।

फिर वह तपाक से बोले—'गुज़र क्यों नहीं जाता' शीर्षक रख दो। और इस प्रकार उपन्यास को नया सार्थक नाम मिला। उपन्यास की किस्मत देखिए, कुछ ही दिनों के बाद वाणी प्रकाशन के प्रबन्ध निदेशक अरुण माहेश्वरी मुम्बई आये और नरीमन प्वाइंट पर समुद्र किनारे बने एक होटल में ठहरे। रात को उन्होंने हम कुछ लोगों को अपने होटल पर आमन्त्रित किया। मैंने उनसे पूछा—'मैंने नया उपन्यास लिखा है। क्या आप छापना चाहेंगे?' वह बोले—'रात को पांडुलिपि सहित आइए।' रात को चीयर्स के बाद निदा साहब ने पांडुलिपि अरुण माहेश्वरी जी को सुपुर्द की और यह क्या, अचरज सामने खड़ा था। उन दिनों किताबों का छपना बहुत कठिन था और रॉयल्टी तो एकाध प्रकाशक ही देता था। यह 1996 के दिसम्बर की जाती हुई एक रात थी। मैं काँपते हाथों से अरुण जी द्वारा दिये चार हज़ार के बंडल को गिनते हुए ख़ुशी से लबरेज़ था। यह वे दिन थे जब मेरी तनख़्वाह पाँच हज़ार रुपये महीने पर पहुँची थी। ऐसे

समय में अरुण जी ने रॉयल्टी के खाते में चार हज़ार रुपये अग्रिम दिये सचमुच यह रेखांकित करने लायक बात है।

और फिर 1997 में 'गुज़र क्यों नहीं जाता' छप कर आ गया। छपने के बाद यह लघु उपन्यास किन ऊँचाइयों तक पहुँचा यह सब बीते वक़्त में दर्ज है। सन् 2000 आने तक उपन्यास 'आउट ऑफ़ प्रिंट' हो चुका था। तब से अब तक यह अनुपलब्ध ही था यानी साहित्य में दो पीढ़ियाँ ऐसी बीत गयीं जिन्होंने यह उपन्यास पढ़ा ही नहीं। उन्नीस साल बाद यह फिर से प्रकाशित हुआ है। पाठक पूछ सकते हैं कि आज इसकी क्या प्रासंगिकता है? बहुत छोटा-सा जवाब है—यह काल सापेक्ष नहीं सन्बन्ध सापेक्ष उपन्यास है। प्रासंगिकता के सन्दर्भ में संवेदनशील कवि राकेश श्रीमाल के इन शब्दों को पेश करना उचित होगा—'यह उपन्यास उस दुनिया की विद्रूपताओं, तल्खियों, षड्यन्त्रों का पर्दाफ़ाश करता है, जो लिखने-पढ़ने वालों की दुनिया है और जिसे अपेक्षाकृत अधिक संवेदनशील, सहिष्णु और मानवीय माना जाता है। उस तथाकथित मानवीय दुनिया की अमानवीयता को बेपर्दा करना एक बड़ा जोख़िम मोल लेना था जो धीरेन्द्र ने लिया, अब इसमें जो भी ख़तरे हों।'

तो मित्रो, अब आप भी गुज़रिए 'गुज़र क्यों नहीं जाता' की यात्रा पर। आमीन।

मुम्बई : हिन्दी दिवस
14 सितम्बर 2019

धीरेन्द्र अस्थाना

एक

न हाथ काँपे, न दिल थरथराया, न ही हथेलियों पर पसीना छलछलाया। बेल्ट भी सहजता से बँध गई। आधे घंटे के भीतर स्क्रीन ने बता दिया कि मामला जमीन से बारह हजार फिट ऊपर का है और दिल्ली बहुत दूर नहीं रह गई है। सिर्फ इतना हुआ कि चश्मे के दाएँ शीशे पर एक बूँद गिरकर फिसल गई।

मैं उठा और लोगों को देखता हुआ टॉयलेट चला गया। टॉयलेट अत्यंत संकीर्ण था। इसमें बलात्कार कैसे हुआ होगा, मैंने सोचा और कुछ दिन पहले अखबार में छपी एक खबर को याद करने लगा। खबर में बताया गया था कि एक सुरक्षाकर्मी ने ही टॉयलेट में एक लड़की से बलात्कार किया था। इतने ज्यादा लोगों के होते हुए इतने संकीर्ण टॉयलेट में बलात्कार। मैंने सोचा, असंभव। मैंने चश्मा उतारकर शीशे में देखा, मैं रो रहा था।

मेरे साथ ऐसा ही होता है। सुख का जरा-सा भी कोई अंकुर कहीं खिला नहीं कि बीते हुए दुःखों की कोई साँवली-सी गाँठ तपाक से फूट जाती है। मैंने खुद को रोने दिया और कनपटी के पास सफेद हो गए बालों को छूता हुआ बाहर निकल आया। बाहर आकर मैंने स्मोकिंग जोन में सिगरेट जलाई और खड़ा रहा। तभी वह सुंदर परिचारिका पास से गुज़री जिसने एकदम मुख में टॉफी दी थी।

उसने मुझे देखा और ठिठक गई। विस्मय उसकी लटों पर बैठा था।

"आप रो रहे हैं ?" वह चकित थी, पूरी तरह।

"हाँ !" मैं पारदर्शी रहना चाहता था, रहा।

"क्यों ?" वह विस्मय पर काबू नहीं रख पा रही थी।

"दरअसल यह मेरी पहली हवाई यात्रा है।" मैंने कारण बताया।

उसे शायद यकीन नहीं हुआ। शायद कनपटी पर के सफेद बालों की वजह से या शायद इतनी सहजता से स्मोकिंग जोन में सिगरेट पीते देखकर। उसे पता नहीं था कि मैं सारी जानकारियाँ लेकर चढ़ा था। मेरे बहुत सारे दोस्त फ्लाइट परसर थे।

"पहली यात्रा है तब तो खुश होना चाहिए।" वह मुस्कराई।

"खुश ही हूँ," मैंने जवाब दिया, "असल में जब मैं खुश होता हूँ तो रोने लगता हूँ।"

"स्ट्रेंज।" वह पहली बार अंग्रेजी में बुदबुदाई।

मैं सिगरेट ऐश-ट्रे में मसल कर शीशे के समाने बनी एक खाली सीट पर बैठ गया। सचमुच, मैं एक रोमांचक अनुभव के आर-पार था। पता ही नहीं चल रहा था कि हम उड़ रहे हैं। विमान बादलों के बहुत ऊपर था। नीचे सेमल की रुई जैसे नरम बादल गद्दों की तरह बिछे थे। मुझे दिल्ली की शुरुआती सर्दियों के वे दिन याद आए जब हमने बाजार से रुई खरीदकर उसमें पुरानी रुई मिलाकर अपने घर के सामने धुनवाया था। धुनी हुई रुई बिल्कुल इन बादलों जैसी थी। बादलों के उस विशाल, ताज़ा और नर्म गद्दे पर कूदने का मन कर रहा था।

आँख में फिर एक आँसू आया।

यह आज ही की तारीख की छह साल पहले की याद थी। मैंने घड़ी देखी। जून की अठारह तारीख थी और सुबह के पौने सात बजे थे। याद छह साल पहले की अठारह जून की सुबह के पौने सात की नहीं थी। वह सोलह तारीख थी। समय था करीब शाम के साढ़े चार बजे का।

मैं पाँच बजे की पश्चिम एक्सप्रेस से द्वितीय श्रेणी में आरएसी की सीट पर बैठकर दिल्ली छोड़नेवाला था। मुझे छोड़ने सिर्फ मेरी पत्नी आई थी—लतिका। उसी शाम मेरे घर के पीछे बने नए घर की मुहूर्त पार्टी थी। पार्टी के लिए बिजली का अस्थायी कनेक्शन मेरे ही घर से लिया गया था। नया घर मेरे एक लेखक मित्र का था और पार्टी में दिल्ली के मेरे वे तमाम दोस्त आने वाले थे जिनके साथ मैंने बारह साल गुज़ारे थे—सर्दियों, बारिशों, गर्मियों की रातों में।

लेकिन छह साल पहले की सोलह जून की उस शाम दिल्ली से बेदखल होने की एकमात्र गवाह केवल लतिका थी। वह बड़ा ही बेहूदा-सा दृश्य था। लतिका मुझे दिलासा दे रही थी, मैं लतिका को दिलासा दे रहा था। दिलासे के इस आदान-प्रदान के उस कठिन समय में हम अलग-अलग अकेले थे, फिर भी आशा के पुल पर डटे हुए थे। मैं इस दुःख में सराबोर था कि यह जलावतन है। लतिका इस उम्मीद से चिपकी थी कि यह बदलाव है और शुभ है।

पौने पाँच होने को थे कि मेरी हथेलियाँ तर हो गईं। हलक में काँटे उतर आए थे और मैं सामने साक्षात् खड़ी लतिका को भूल इधर-उधर देख रहा था। मुझे लग रहा था कि कोई आएगा। आखिर एक भरा-पूरा और जिंदादिल समय गुज़ारा था मैंने इस शहर में। मेरी टेलीफोन डायरेक्टरी का हर अक्षर लगभग अंत तक भरा हुआ था। आर और एस वाले अक्षरों में तो अतिरिक्त पेज जोड़े गए थे। मेरा काँपता हुआ मन वह मानने को तैयार ही नहीं था कि ट्रेन आखिरकार चली जाएगी और यहाँ कोई नहीं आएगा। चीजें इतनी तेज़ी से थोड़े ही बदल जाती हैं।

लेकिन पाँच बज गए थे और मैं ट्रेन के पायदान पर खड़ा हो गया था। ट्रेन सरक रही थी और लतिका ट्रेन के साथ दौड़ रही थी। उसी समय एक आँसू आया जिसे आँख से उठाकर मैंने लतिका की हथेली पर रख दिया।

"मैं इसे मंगलसूत्र की तरह सँभाल कर रखूँगी।" ट्रेन के साथ दौड़ती लतिका बोली थी। उसने अपनी हथेली बंद कर ली थी और उस बंद हथेली के अँगूठे से अपनी आँख पोंछी थी।

मुझे याद आया दिल्ली में लतिका का मंगलसूत्र बिक गया था।

ट्रेन तेज हो गई थी। लतिका धुँधला रही थी। मैं जीवन में पहली बार निपट अकेला होने जा रहा था।

वे कहीं नहीं थे। बारह साल तक मैं इस भ्रम को जीता रहा कि वे हैं और मेरे लिए हैं। लेकिन वे नहीं थे। उनको नया घर सेलीब्रेट करने मेरे दोस्त की पार्टी में शामिल होना था। मेरी ज़िंदगी पर उनके दरवाज़े बंद हो चुके थे।

दिल्ली पीछे छूट रही थी। उस पीछे छूटती दिल्ली में सिर्फ लतिका की देहहीन आवाज़ थी।

मैं नीचे बिछे बादलों के गद्दे पर कूदना चाहता था कि तभी वह सुंदर और जिज्ञासु परिचारिका फिर आ गई,

"सीट पर जाकर बेल्ट बाँध लें। हम दिल्ली लैंड करने वाले हैं।" वह मुस्कराई, "लगता नहीं है कि यह आपकी पहली यात्रा है।"

"पहली यात्रा के लिए चालीस की उम्र बहुत होती है न!" मैंने पूछा और उठ खड़ा हुआ।

"आप चालीस के हैं?" वह खिलखिलाई।

"पुरुष अपनी उम्र नहीं छुपाते।" मैंने जवाब दिया और अपनी सीट की तरफ बढ़ गया। सीट पर बैठने से पहले मैंने पीछे देखा वह किसी अचरज में ढली थिर थी। मैं बेल्ट बाँधने लगा। हम लैंड करने ही वाले थे। सात बजने में सात मिनट बाकी थे। मैं पूरे छह साल बाद दिल्ली उतर रहा था। जब दिल्ली छोड़ी तब चौंतीस का था। बाल सफेद नहीं हुए थे। मैं निपट अकेला था और बहुत डरा हुआ था।

दो

वे शुरू के दिन थे। छोटी-छोटी बातों से डर जाता था मैं, भीड़ से डर जाता था, कोलाहल से डर जाता था। झोपड़पट्टियों से डर जाता था। अट्टालिकाओं से डर जाता था। लोकल ट्रेन से डर जाता था। अकेलेपन से डर जाता था। एकदम शुरू में तो एक बेहद हसीन लड़की से डर गया था मैं।

वह जून का एक खुशनुमा दिन था। मानसून अभी आया नहीं था लेकिन आने की घोषणाएँ हो चुकी थीं। आसमान पर बादल छाए हुए थे। मैं नरीमन प्वाइंट के सामने समुद्र के किनारे चहलक़दमी कर रहा था। कृष्णकांत ने सुबह दस बजे मिलने का वक्त दिया था लेकिन साढ़े दस बज जाने पर भी आया नहीं था। अचानक पता नहीं कहाँ से एक लड़की प्रकट हुई। इतना दमदमाता गुलाबी चेहरा और इतनी सुडौल चमकती पिंडलियाँ मैंने पहले कभी नहीं देखी थीं। लड़की ने मेरी आँखों में देखा और धीमे से फुसफुसाई—"आर यू एलोन?"

"ज्जी!" मेरी घिग्घी बँध गई और मैं सहमकर पीछे हट गया। फिर मैं तेज़ी से भागा। सड़क पार की और दौड़ता हुआ एयर इंडिया के बगल में बनी गली में समा गया। वह लड़की मुझे फिर कभी नहीं दिखाई दी। वह घटना ज़रूर आज भी मेरे साथ किसी पछतावे-सी चिपकी हुई है।

नासमझ दिनों के ऐसे कितने ही पछतावे आज मेरी साँस-साँस में तड़पते हैं।

वे भी शुरू के दिन थे। मुझे अँधेरी उतरना था लेकिन जब तक स्टेशन आ नहीं गया मैं सीट पर बैठा रहा। गाड़ी रुकी तो मैं उठा। भयंकर भीड़ थी। उतरनेवाले उतर चुके थे और चढ़नेवालों का आक्रमण हो रहा था।

"अरे!" मैं बदहवासी से बुदबुदाया था, "मुझे उतरना है।" लेकिन तब तक ट्रेन चल चुकी थी। मेरे पास अँधेरी तक का ही टिकट था इसलिए मैं प्राणपण से दौड़ा और ट्रेन से कूद पड़ा।

तब तक ट्रेन तेज़ हो चुकी थी और मैं प्लेटफॉर्म पर गिरा पड़ा था। मेरी एक चप्पल ट्रेन में ही छूट गई थी और घुटने छिल गए थे। फिर यह देख मेरा कलेजा मुँह को आ गया था कि पीछे-पीछे दूसरी ट्रेन आ रही थी और भारी भीड़ का सैलाब मुझे रौंद देने के लिए मेरे इर्द-गिर्द जमा हो गया था। मैं लगभग रेंगता हुआ, हाँफता हुआ भयभीत आँखों से उस आक्रामक भीड़ की गिरफ्त से छूटा और कोई एक ऐसा कोना तलाशने लगा जहाँ बैठकर कुछ देर रो सकूँ। लेकिन उस दिन मैंने पहली बार अनुभव किया कि रोने के लिए शहर में कोई कोना उपलब्ध नहीं है। हर कोने पर लोग खड़े थे।

डर मेरे भीतर बड़ा हो रहा था।

लड़की से डरकर मैं वीटी चला गया था। वीटी से कुर्ला का टिकट लेकर मैं पूछपाछ कर सही ट्रेन में चढ़ गया था। सीट होते हुए भी मैं दरवाज़े के पास ही खड़ा रहा था। कुर्ला में उतरा और जेब से पर्चा निकाल पूछते हुए कृष्णकांत के ठिकाने पर पहुँचने में कामयाब हो गया। मैंने पाया कि भारी व्यस्तता के बावजूद यहाँ लोग सही रास्ता बताने के मामले में अत्यंत उदार थे।

"आ गए!" मुझे देखते ही कृष्णकांत बोला था। न कोई विस्मय, न कोई उत्सुकता, न कोई प्रश्न। फिर अपनी भारी, खालिस मर्दाना आवाज़ में वह गुनगुनाने लगा था—"अव्वल तो मेरे कमरे में कोई आने न पाए। जो आएगा, पछताएगा। वापस न जाएगा।"

आनंद से मेरी आँख भर आई। कृष्णकांत को याद है, यह हमारे बचपन का गीत था। पता नहीं इसे लिखा किसने था। लेकिन इसे गाया करती थी हमारी नौकरानी। वह संयुक्त परिवार वाला जमाना था। हमारे बाबा अंग्रेजों के जमाने के पुलिस इंस्पेक्टर थे और मेरे पिता, चाचा तथा ताऊ अपने-अपने विवाहों के बावजूद एक ही छत के नीचे रहते थे। नौकरानी का नाम था शांति और वह कृष्णकांत को बहुत प्यार करती थी। रात को पूरे घर के बर्तन माँजने के बाद वह कृष्णकांत को लेकर घर की छत पर चली जाती थी। जब पीछे-पीछे मैं भी सीढ़ियाँ चढ़कर वहाँ पहुँचता था, तब तक उस निस्तब्ध चाँदनी रात में शांति की आवाज़ किसी पहाड़ी में गूँजती घंटी की तरह उभरने लगती थी—"अव्वल तो मेरे कमरे में कोई आने न पाए..."

कृष्णकांत मेरे ताऊ का सबसे बड़ा लड़का था। बी. ए. में फेल होकर लौटा तो बाबा ने अपना पुलिसिया हंटर निकाल लिया।

"अरेऽऽ!" कृष्णकांत शायद विस्मित रह गया था। घी-दूध पीकर दंड पेलकर बनाया गया शरीर उसे हंटर खाने योग्य नहीं लगा होगा। शायद इसीलिए वह चौंककर 'अरे!' बोला था और भाग लिया था।

तब मैं दस साल का था और कृष्णकांत था बीस का। और अब पूरे चौबीस साल बाद चौंतीस की उम्र में मैं चवालिस के कृष्णकांत के सामने था। वह गा रहा था— "अव्वल तो मेरे कमरे में कोई आने न पाए। जो आएगा, पछताएगा, वापस न जाएगा।" पूरी मस्ती से गाना सुनाने के बाद वह बोला था, "यह शहर भी एक बहुत विशाल कमरा है सोमू। जो आएगा, पछताएगा, वापस न जाएगा। अब आ ही गए हो तो सुनो। बीता हुआ सब कुछ एक पोटली में बाँधकर मन की दुछत्ती में फेंक दो। नए सिरे से, नई ताकत के साथ, तुम भी उस महासंग्राम में उतर जाओ जिसमें इस शहर के तमाम-तमाम लोग मुब्तिला हैं। और ध्यान रखना, यहाँ आगे

बढ़ने के लिए कोई किसी को रास्ता नहीं देता। खुद लड़ो, खुद बढ़ो। और प्यारे, दिल्ली से क्यों चले आए? हाँ, तुम बता रहे थे फोन पर कि वहाँ तुम्हारी नौकरी चली गई थी···तो अब तुम बंबई आ गए हो। आओ, आओ स्वागत है। नई नौकरी कब से ज्वाइन करनी है।" कृष्णकांत धाराप्रवाह बोले जा रहा था। आखिर नई नौकरी के बारे में पूछकर उसने मुझे बोलने का मौका दिया।

"कल से ही," मैंने कहा था फिर सकुचाकर बोला था—"लेकिन···।"

"घर नहीं है। है न?" कृष्णकांत हो-हो करके हँस पड़ा, "प्यारे, यहाँ घर नहीं हो पाते। रात काटने के अड्डे होते हैं। इसी लॉज में एक कमरा दिलाए देता हूँ तीन सौ रुपए भाड़े पर। रहो और मस्ती काटो। यह पार्टियों का शहर है। रोज़ किसी पाँच सितारा होटल में पार्टी होती है। दिन में भूखे रहो। रात को होटल में जाकर इतने मुर्गे तोड़ो कि अगली रात तक भूख पास में न फटके। तनखा का पैसा बीवी को भेजो। क्या समझे?" कृष्णकांत का ज्ञान-प्रवचन चालू था।

वह कुर्ला की एक लॉज थी जो उन दिनों मेरी चेतना में जख्म की तरह टीसती थी। इसी लॉज में गुजारे हैं कृष्णकांत दद्दू ने अपनी जवानी के चौबीस कीमती बरस। यह कृष्णकांत का कमरा है—दस बाई दस की सीलन-भरी अँधेरी कोठरी। इससे ज्यादा रोशन और हवादार तो हमारी लेटरीन थी।

और मुझे जो कमरा कृष्णकांत ने दिखाया, दिखाया क्या दिलाया, वह ऐसा था जैसे किसी सँकरी गली पर पत्थर की पटिया रख दी गई हो। उसकी लंबाई आठ फुट थी और चौड़ाई छह फुट। सहसा मैं रुआँसा हो उठा। क्या इसी नरक में जीने के लिए मैं दिल्ली छोड़कर आया हूँ।

"लोग तो बता रहे थे कि तुम ऐश करते हो दद्दू?" मैंने सहमकर पूछा था।

"ऐश क्या होती है बे?" कृष्णकांत ने डपट दिया था, "दो वक्त की अच्छी-सी रोटी, एक वक्त की शराब, उम्दा सिगरेट, सुंदर कन्याएँ...इसके अलावा ऐश का क्या मतलब है, हैं? इस लॉज से बाहर निकल टाउन की तरफ जाना हो तो किसी चेले की कार आ जाती है, और क्या होती है ऐश?"

"तुम काम क्या करते हो दद्दू?" मैं अभी तक आश्वस्त नहीं हो पाया था।

"मैं कोई काम नहीं करता," कृष्णकांत हो-हो करके हँसा था, "और सुनो, ये दद्दू-वद्दू मत बोलो। सीधे-सीधे नाम पर आओ। जाओ, हमने तुम्हें अभय दिया। ऐश करो। अब तुम दिल्ली में नहीं मेरे शहर में हो। क्या समझे?"

कृष्णकांत का शहर।

तीन

इतने दिनों बाद दिल्ली में उतरना अच्छा लगा। सिर्फ डेढ़ घंटे पहले बंबई में था। सुविधाएँ सचमुच सुखकारी होती हैं, लेकिन इन सुविधाओं तक पहुँचने में चालीस बरस लग गए। गीता

की कसम जो कुछ कहूँगा, सच कहूँगा, सच के सिवा कुछ नहीं कहूँगा। इंदिरा गांधी अंतरराष्ट्रीय हवाई अड्डे से बाहर निकलते समय रोम-रोम पुलकित था। लेकिन इस पुलक को अपदस्थ करते हुए विषाद का ऐसा जबर्दस्त बगूला उठा कि मैं लड़खड़ा गया। इसी हवाई अड्डे से चुपचाप उड़कर गीता सान्याल अमेरिका चली गई थी। गीता सान्याल की दोस्ती को मैंने ख्वाब की तरह पाला था। उसके होने न होने को लेकर मैंने एक लंबी कविता लिखी थी जो आज भी पुरानी डायरियों में कहीं दर्ज होगी। उसकी कविताओं को दिल्ली में अपनी सत्ता के दिनों में मैंने अपने अखबार में प्रमुखता से छापा था। लेकिन दिल्ली में बेकारी के पहले ही दिन उसने फोन पर आने से मना कर दिया था। मैं अखबार से इस्तीफा दे चुका था और उसे अखबार की जरूरत थी। मुझसे दोस्ती रखकर वह अखबार में अपने लिए कोई 'रिस्क' नहीं लेना चाहती थी। बहुत बाद में मालूम पड़ा था कि अखबार बंद होने के बाद किसी से शादी कर वह चुपचाप अमेरिका के लिए उड़ गई थी। 'अपन का क्या है, अपन तो उड़ जाएँगे गीता' यह मेरी कविता का शीर्षक था जो उसके जाने के बाद छपी थी।

बाहर मौसम अच्छा था। बारिश हो रही थी। मेरा डांसर दोस्त गाड़ी लेकर आया हुआ था। डांसर से दोस्ती बंबई में हुई थी। उसके दिल्ली, बंबई और लंदन में घर थे। इन दिनों वह दिल्ली में था। फोन पर अपने आने की तारीख और समय उसे बता दिया था और वह मुझे रिसीव करने आया हुआ था। यह बंबईवालों की खासियत है। या तो वादा करेंगे नहीं। करेंगे तो निभाएँगे। झूठ बोलना बंबई की फितरत में नहीं है।

लेकिन मुझमें थोड़ी बहुत दिल्ली शायद बची हुई थी। इसीलिए उसके एयरपोर्ट पर आने को मैंने स्वाभाविकता से नहीं लिया। मेरे मुँह से अचानक निकल ही गया, "अरे मेहता, तुम आ गए?"

"इसमें चौंकने की क्या बात है?" अब मेहता चौंक रहा था, "कहा था तो आना ही था। आने की स्थिति में नहीं होता तो फोन पर ही बता देता।"

भीगती दिल्ली में हम कनॉट प्लेस की तरफ बढ़ रहे थे।

"तुम्हारा एक काम तो करा दिया है," मेहता बता रहा था, "अनुपम निवास में कमरा बुक करा दिया है। लेकिन गाड़ी की प्रॉब्लम हो गई है। मैं आज रात ही लंदन के लिए निकल रहा हूँ। वहाँ परसों शाम प्रिया ने शो अरेंज किया है। गाड़ी तो यहीं रहेगी लेकिन मैं खुद ड्राइव करता हूँ। दिल्ली में तुम्हारा साथ नहीं दे पाऊँगा।"

"नो प्रॉब्लम!" मैं मुस्कराया, "शो के लिए शुभकामनाएँ।"

गाड़ी अनुपम निवास के पोर्टिको में घुस रही थी।

"याद है न, तंदूर कांड इसी निवास में हुआ था।" मेहता ने याद दिलाया, "खाना मत खाना यहाँ। क्या पता चिकन की टाँग के साथ किसी लड़की का कोई टुकड़ा निकल आए।" मेहता हँसा। उसकी खनक भरी हँसी बारिश में देर तक घुलती चली गई।

"अरे बाप रे!" कमरे की चाबी लेते समय मैंने मेहता से कहा, "पंद्रहवें माले का कमरा?"

"तो क्या हुआ?" मेहता को समझ नहीं आया।

"मुझे हाइट से डर लगता है।" मैं सचमुच थोड़ा आशंकित था।

"शिट!" मेहता ने उपहास उड़ाया, "हाइट पर रहकर हाइट से डरते हो।"

"मतलब ?" मैं समझ नहीं पाया था।

"अरे तुम्हारा जो कद है वह इस हाइट से कम है क्या ?"

मैंने गौर किया कि मेहता सीरियस था। लगा नहीं कि वह व्यंग्य कर रहा होगा।

कद ! मैं पंद्रहवें माले के अपने कमरे की खिड़की पर खड़ा सोच रहा था...इसी कद ने दिल्ली में परेशानी खड़ी कर दी थी। बेकारी के दिनों में नौकरी तलाशते समय कई जगह कद बड़ा हो जाता था और नौकरी छोटी पड़ जाती थी और कहीं लोग कद कतरने की इच्छा लिए बैठे थे।

मेहता चला गया था। मैं फ्रेश होकर सिगरेट पीते हुए बारिश रुकने के इंतजार में था।

"आप हड़ताल टूटने का इंतजार करेंगे और मैनेजमेंट के साथ रहकर अखबार निकालते रहेंगे या हड़ताल में शामिल होंगे।" संपादक ने सीधा सवाल कर दिया था।

ये 'चौथी सत्ता' अखबार में संघर्ष के दिन थे। नए-नए निकले इस अखबार ने ढाई साल तक अपने तेवर और कलेवर से देश-भर में तहलका रच दिया था। लेकिन ढाई साल बीतते-बीतते आर्थिक दिक्कतों के चलते वह लड़खड़ाने लगा था। वे बड़े नाजुक दिन थे। अखबार के दो प्रमुख स्तंभ अपने संपर्कों के बल पर यह अखबार छोड़ लखनऊ के एक अखबार में प्रमुख पदों पर चले गए थे। बाकी बचे पत्रकारों ने हड़ताल कर दी थी। अखबार संपादक के घर से निकाला जा रहा था। अत्यंत संवेदनशील और मानवीय सरोकारों से लबरेज़ कहानियाँ लिखनेवाला एक कथाकार अखबार निकालने में संपादक की मदद करने लखनऊ से दिल्ली चला आया था। मुझ पर दोहरा दबाव था। एक तरफ पत्रकार साथियों की तरफ से हड़ताल में शामिल होने के लिए, दूसरी तरफ संपादक की ओर से अखबार निकालने के लिए। मुझे अखबार से प्यार था। इस अखबार में मिली लेखकीय आजादी ने मुझे पत्रकारीय सुख दिया था। इस अखबार को अखबारों का अखबार कहा जाता था।

मैं हड़ताली पत्रकार साथियों के विरोध में नहीं जाना चाहता था और मैनेजमेंट का चमचा भी नहीं कहलाना चाहता था। अजब स्थिति थी। पूरी दिल्ली की आँख इस संघर्ष पर टिकी थी। शहर अफवाहों के दावानल में दहक रहा था। दोस्ती और दुश्मनी के नए-नए समीकरण रोज़ाना बन-बिगड़ रहे थे। अखबार ने अपने विद्रोही चरित्र के चलते शहर के बड़े-बड़े लोगों को अपना दुश्मन बना लिया था। नामी-गिरामी लोगों की तमन्नाओं में अखबार के नष्ट हो जाने की तड़प पछाड़ खा रही थी। 'चौथी सत्ता' के ज्यादातर पत्रकार साथी नए-नए पत्रकारिता में आए थे और एक पवित्र क्रोध में सुलग रहे थे। मैं न धरने पर बैठी हड़ताली टीम में शामिल था और न ही संपादक के घर से अखबार निकालने में जुटे संपादक के मित्रों के साथ था। मैं रोज अखबार के दफ्तर में जाता था और शाम को लौट आता था। दफ्तर के गेट पर सुरक्षा कर्मियों का पहरा था। मैं हड़ताली नहीं था इसलिए मुझे दफ्तर में आने-जाने की सुविधा मिली हुई थी। दफ्तर की दीवारों को घूरते-घूरते मेरा दिमाग फिरने लगा था। नीचे से नारों की आवाजें आती रहती थीं। कभी-कभी पब्लिक बूथ से किसी हड़ताली साथी का फोन आ जाता था—"कॉमरेड, आपकी पॉलिटिक्स क्या है ?" उनके सात्विक क्रोध के समाने मेरे अनुभवी तर्क काम नहीं कर रहे थे। मैं उन्हें समझा नहीं पा रहा था कि एक प्रोफेशनल पत्रकार को अपने ऊपर आंदोलनकारी का ठप्पा नहीं लगने देना चाहिए, कि शहर की राजनीतिक पार्टियाँ उनके

निर्दोष क्रोध की आँच में अपनी-अपनी रोटियाँ सेंकने में लगी हैं, कि अखबार विरोधी तमाम शक्तियाँ संगठित हैं और हम असंगठित, असहाय और अकेले। उनको लगता था कि यह अखबार हमने बनाया है और हमारे ही साथ यह बर्ताव। संपादक को लग रहा था कि नए-नए लड़कों को मैंने नौकरी दी, इतना ताकतवर मंच दिया और इनकी ये मजाल कि मुझे आँख दिखाएँ। संपादक अपने अहं के कोपभवन में था और आंदोलनकारी साथी जुनून की अटारी पर।

मैं मुक्तिबोध की कविता बना हुआ था—पिस गया वह भीतरी और बाहरी दो कठिन पाटों के बीच, कैसी ट्रेजेडी है नीच।

ऐसे में एक शाम संपादक ने वह बेधक सवाल कर ही दिया जो बहुत दिनों से लिहाज के झरोखे पर बैठा कुड़कुड़ा रहा था। लिहाज स्वाभाविक भी था। आखिर मैं एक ऐसे अखबार समूह से त्यागपत्र देकर इस नए अखबार में आया था, जो दुनिया का सबसे बड़ा हिंदी दैनिक होने का दावा करता था, लेकिन एक-एक कर अपनी हिंदी पत्रिकाएँ बंद कर रहा था।

"देखिए," मैंने फोन पर कहा, मैं निर्द्वंद हो चुका था, चौंतीस की उम्र में सड़क पर खड़े हो जाने के भय को मैंने जीत लिया था, "मैं एक प्रोफेशनल जर्नलिस्ट हूँ, इसलिए आंदोलनकारी होने का ठप्पा तो अपने ऊपर नहीं लूँगा। लेकिन अपने आंदोलनकारी साथियों के खिलाफ जाने का भी काम नहीं करूँगा। इसलिए मैं अपना इस्तीफा लिखकर जा रहा हूँ। आप उसे मँगवा लीजिएगा।" ऐसा कहकर मैंने फोन रखा। मैंने इस्तीफा लिखा और एक सुरक्षाकर्मी को पकड़ा दिया। मुझे नहीं पता कि उस वक्त मैं अपने आंदोलनकारी साथियों का अपराधी था या संपादक का या अपने बीवी-बच्चों का। मैं जो भी था लेकिन अपनी नीयत और तर्कों में सही था। वैसे भी पानी सिर के ऊपर से गुज़र चुका था।

पानी रुक गया था। मैं अपना बैग कंधे पर लटकाकर बाहर निकला। दरवाज़े में ताला लगाकर लिफ्ट के पास आया और इंतजार करने लगा। होटल के साथ मेरा भावनात्मक रिश्ता है। यहाँ मैं कई बार आ चुका हूँ। एक बार जापान में रहने वाले एक महत्वपूर्ण हिंदी लेखक से मिलने आया था। जब तक वह दिल्ली में रहे तब तक के प्रवास की लगभग आधी शामें मैंने उन्हीं के साथ उन्हीं के कमरे में ओल्ड मौंड पीते और जापानी तथा भारतीय संस्कृति पर बहस करते गुज़ारी। इसी होटल में मैं कानपुर से आने वाले एक अत्यंत प्रखर और भावप्रवण कहानीकार मित्र से मिलने जाया करता था। बेकारी के समय में उसने मुझे बिना माँगे कुछ पैसे भेजे थे जो मुझ पर आज तक बकाया है। इसी होटल के एक कमरे में मैंने एक रात गीता सान्याल के साथ गुज़ारी थी और एक फिलीपीनी कहानी में पढ़े इस वाक्य को काट दिया था कि हर स्त्री की देह एक जैसे अनुभव की यात्रा पर ले जाती है।

होटल से बाहर निकलकर मैं ऑटो वालों के बीच फँस गया। वे शायद मुझे अजनबी समझ रहे थे। दरियागंज ले जाने के लिए वे मुझसे अस्सी रुपए माँग रहे थे। ये आज भी उतने ही बदतमीज और लुटेरे हैं, जितने छह साल पहले थे। मैं सोच रहा था और कुढ़ रहा था कि दिल्ली में मेरी यात्रा का आरंभ झड़प और झल्लाहट से हो रहा है। आखिर उकताकर मैं पैदल ही मंडी हाउस की तरफ बढ़ चला।

केंद्रीय साहित्य अकादमी की बिल्डिंग दिखने लगी थी। मेरे चेहरे पर मुस्कान उतर

आई। मुझे इस दफ्तर में काम करनेवाले अपने एक 'सात बच्चों के पिता' मित्र की याद आ गई। पता नहीं वह अब भी यहीं काम करता है या नहीं। मुस्कान इसलिए आयी कि एक घटना याद आ गई। दिल्ली के एकदम शुरुआती दिनों में जब हम दोनों एक हिंदी प्रकाशन गृह में क्रमशः चार सौ और पाँच सौ रुपए महीने पर काम करते थे तो एक रोज मेरे दोस्त को सपना आया कि वह मर्सिडीज़ कार में बैठकर नौकरी करने आया है। प्रकाशन गृह के नुक्कड़ वाले ठेले पर छोले-भटूरे खाते हुए मुझे इतनी जोर की हँसी आई कि ठसका लग गया और खाँसते-खाँसते मैं बेदम हो गया। खाँसी रुकने पर मैं बोला था, " देखा तुमने, गरीब आदमी के सपने भी गरीब होते हैं। अबे, जब पास में मर्सिडीज़ जैसी कार होगी तब तुम चार सौ रुपए महीने की नौकरी करने आओगे।" बाद में बहुत दिनों तक हम दोनों इस सपने का मजा लेते रहे थे।

मेरे कदम श्रीराम सेंटर की तरफ मुड़ गए, संख्यातीत शामें गुज़ारी हैं यहाँ पर। ढेरों ढेर दोस्तों के साथ। कभी नाटक देखते हुए, कभी चाय पीते हुए, कभी कैंपा कोला में दारू डालकर पीते हुए। दिल्ली का सांस्कृतिक सतराहा है यह। सतराहा इसलिए कि यह शायद पहला ऐसा चौराहा है जहाँ से सात रास्ते फूटते हैं। साहित्य, कला, रंगमंच, नृत्य, संगीत और संस्कृति के वर्तमान और भावी नायक यहीं जीते-मरते हैं, यहीं बनते और खत्म होते हैं। इसी सतराहे के एक मोड़ पर बने फिक्की सभागार में एक गहमागहमी भरी शाम को मुझे एक बड़े राष्ट्रीय पुरस्कार से नवाज़ा गया था। नौ साल पहले घटी उस शाम के मुख्य अतिथि माधुरी दीक्षित के प्रेमी मकबूल फिदा हुसैन थे।

हुसैन साहब का नाम ज़हन में आते ही मेरी आँखों के सामने मेरा कलाकार मित्र रवि प्रकाश आ खड़ा हुआ। वह गोल मार्केट में रहता था और मैं शाहदरा में। दो विपरीत ध्रुव और रात नौ बजे सो जाने वाली दिल्ली। इसके बावजूद हम वर्षा और ठंड को ठेंगा दिखाते हुए रात ग्यारह-बारह बजे तक शराब पीते रहते थे और हुसैन, सूज़ा और खोसा से लेकर रजनीश और महेश योगी पर बात करते रहते थे। हम स्त्रियों के 'ईरोटिक ड्रीम्स' के मनोविज्ञान पर भी माथापच्ची करते थे और पुरस्कारों की राजनीति पर भी। हमने रंगों और रेखाओं की दुनिया में ही नहीं रंगमंच और फिल्म संसार की बारीकियों, महत्त्व और दूसरी कलाओं के साथ उनके अंतःसंबधों पर बहस करते हुए कई रातें काली की थीं। श्रीराम सेंटर की कैंटीन में बैठी या लॉन के खंभे से टिककर खड़ी किसी खूबसूरत और उत्तेजक लड़की के साथ सोने की कल्पना कर हम संयुक्त रूप से मुदित होते थे और सोचा करते थे कि अगर यह एक्ट्रेस है तो किस डायरेक्टर के हत्थे चढ़ेगी और अगर पेंटर है तो कौन बड़ा पेंटर इसे पेंट करेगा। फिर हम यह सोचकर उदास हो जाते कि दुनिया की तमाम सुंदर लड़कियाँ दूसरी विधाओं के खाते में ही क्यों दर्ज हैं, कि हिंदी पत्रकारिता और साहित्य में सूखी, निस्तेज और अनाकर्षक लड़कियाँ ही क्यों चहलकदमी करती रहती हैं? इसके बाद हम सिगरेट पीने लगते थे।

इस्तीफा देकर मैं सबसे पहले श्रीराम सेंटर ही आया था। आशंकाओं और अनिश्चितताओं में डोलता हुआ। एक सीट पर चार-छह दोस्तों के साथ बैठा रवि प्रकाश हँस रहा था। मेरे पहुँचते ही मेज पर सहसा सन्नाटा बरसने लगा। मुझे कुछ पता नहीं था कि उनमें क्या बातें हो रही थीं और मुझे आया देख वे हाय हैलो कहने के बजाय इस कदर खामोश क्यों हो गए थे, जैसे किसी मातमी जमात में बैठे हों। सन्नाटा तोड़ने की गरज से मैंने कहा

था—"रवि, ज़रा सिगरेट पिलाना यार।" रवि ने अपनी सिगरेट का एक लंबा कश लिया था, फिर हमेशा की तरह खाँसने लगा था, फिर फँसी-फँसी आवाज़ में बोला था—"नौकरी छोड़ दी है तो सिगरेट भी छोड़ दे।" फिर वह ज़ोर-ज़ोर से एक फूहड़-हँसी हँसने लगा था।

अपनी तरफ से उसने यह शायद उस दिन का सर्वोत्कृष्ट मजाक किया था लेकिन मुझे उस पल एकाएक गश आ गया था। उस गश के चक्रवात में रवि के साथ गुज़ारी तमाम सर्द-गर्म रातें गोल-गोल घूम रही थीं।

"तो खबर यहाँ तक आ गई?" मैंने संयत होते हुए पूछा था।

"सारे शहर में डोल रही है," रवि ने कहा था और "अच्छा चलता हूँ, मुझे एक काम है" बोलकर अपने स्कूटर पर सर्र से निकल गया था। यह इस्तीफा देकर सड़क पर आने का पहला तोहफा था।

तीन साल पहले यही मेरा दोस्त बंबई में मेरे दफ्तर में मेरे सामने बैठा था। वह जहाँगीर आर्ट गैलरी में किसी पेंटिंग शो के सिलसले में आया था। मैं उसे अचानक अपने सामने देख अचंभित भी था और सुखी भी। आखिरकार अपना दोस्त था। दिल्ली के कुछ संस्मरण सुनाते-सुनाते उसने अचानक मुझसे सिगरेट माँग ली। मैं विल्स पी रहा था। "तुम अभी भी गोल्ड फ्लैक ही पीते हो न?" मैंने पूछा था और अपने चपरासी को बोलकर उसके लिए गोल्ड फ्लैक का पैकेट मँगवा दिया था। उसे कुछ याद नहीं आया था। वह पहले की तरह सहज था। मैं भी उसे कुछ याद दिलाने की मंशा का मारा नहीं था। लेकिन उसके लिए गोल्ड फ्लैक का पैकेट मँगवा देने के बाद मेरी चेतना के किसी भावुक हिस्से में अरसे से गड़ी एक किरच निकल गई थी। फिर मैं उसे बहुत प्यार से अपने घर ले गया था और वह भी अरसे बाद लतिका और बच्चों से मिलकर आह्लादित हो उठा था। आह्लाद के उस क्षण में बेहद संजीदा होकर, गहरे दुःख में डूब उसने बताया था कि उसकी पत्नी उससे छूट गई है। माहौल एकाएक भारी हो गया था और घर के कोनों पर मनहूसियत रेंगने लगी थी।

मनहूसियत श्रीराम सेंटर के जर्रे-जर्रे पर भी रेंगती लग रही थी आज। वह एकदम उजाड़ था। शायद यह टीवी सीरियलों का असर रहा होगा। थियेटर के अधिकांश लोग शायद काम पाने बंबई की दिशा में निकल लिए थे।

श्रीराम सेंटर बुक कॉर्नर की मेरे समय वाली मालकिन का देहांत हो चुका था। मैं बुझ गया। बुक कॉर्नर पर 'कथा' पत्रिका का नया अंक रखा था। मैंने उसे खरीद लिया और घड़ी देखी—'अभी सिर्फ ग्यारह बजे थे। मुझे सबसे पहले 'कथा' के कार्यालय में ही जाना था लेकिन 'कथा' के संपादक योगेंद्र अभी आए नहीं होंगे। वह बारह बजे आते थे। मैं दोपहर का खाना उन्हीं के साथ खाने वाला था। वह मेरे लिए कीमा मटर और पराँठा लेकर आने वाले थे। इस डिश की बात बंबई से फोन पर तय हुई थी।

मैंने सोचा एक कप कॉफी पी लेता हूँ। मैं कैंटीन चला गया। कॉफी का आदेश देकर मैंने चारों तरफ देखा—एक भी व्यक्ति पहचान का नहीं था। लोग बेहद कम थे। वरना तो यह समय नाश्ते का था और इस समय यहाँ चाय, कॉफी, ब्रेड, बटर पाने के लिए 'क्यू' लगानी पड़ती थी। मैंने सिगरेट सुलगा ली।

तभी 'नीला दुःख और पीला एकांत' लिखने वाला एक कवि वहाँ प्रकट हुआ। पहले सरसरी नज़र से फिर आँखें गड़ाकर उसने मुझे देखा। वह गंजा हो गया था और उसकी आँखों के नीचे थैलियाँ लटक आई थीं। वह पास आया। मैं खड़ा हो गया। फिर उसने अपनी चिरपरिचित छोटी-सी हँसी होंठों पर चिपकाई और बोला, "अरे वाह, पहचाने नहीं जा रहे हो। पहले की तुलना में काफी दिव्य लगने लगे हो।" दिव्य, भव्य, अद्भुत उसके प्रिय शब्द थे। उसके यहाँ अद्भुत से कम कुछ नहीं होता था। उसकी रचनाओं में पिता अद्भुत तरीके से मरते थे और प्रेमिका दिव्य तरीके से रोती थी। मित्रों को नष्ट करने का उसका ढंग बेहद भव्य होता था। सामने वाले को प्रभावित करने की उसकी कला अनुपम थी। वह पत्रकारिता को दोयम दर्जे की चीज माना करता था और हर दो-तीन साल में पहले से अच्छी अखबारी नौकरी झटक लेता था। बंबई में खबर आई थी कि काफी अरसे से वह पत्रकारिता छोड़ टीवी लेखन कर रहा है और तेजी से सूख और बूढ़ा हो रहा है। वह जादुई यथार्थ में यकीन रखता था और लोगों से कम मिलता-जुलता था।

लेकिन वह गले मिला। गले मिलने के बाद उसने खुश होकर बताया कि उसने कार खरीद ली है और पहले वाला एक कमरे का फ्लैट बेचकर तीन कमरों का बड़ा फ्लैट ले लिया है।

"और कविताएँ?" मैंने पूछा। मुझे याद था कि पिछले सात-आठ साल से उसकी कोई कविता मैंने कहीं छपी नहीं देखी है।

"कविताओं में मेरा कोई विश्वास नहीं रह गया है।" उसने बड़ी दिव्य, राजपुरुषों जैसी हँसी हँसते हुए बताया, "वैसे भी मुझे समय कम मिलता है। साल-दो साल में एक कहानी लिखता हूँ और 'टुमारो इंडिया' में छपवा देता हूँ।" मुझे 'टुमारो इंडिया' में छपी उसकी दो-एक कहानियाँ याद आ गईं। इन कहानियों में उसने अपने बेहद करीबी दोस्तों के भव्य तरीके से वध किए थे। ये कवि मित्र कभी उसके जिगरी माने जाते थे।

जाते समय वह हत्यारों जैसी बारीक मुस्कान देते जाना न भूला।

एक समय उसने मेरे वध की भी कोशिश की थी। लेकिन मैंने खुद को बड़ी सफाई से बचा लिया था। तब मैं बेकार नहीं था और मुझे दिल्ली शहर में रहना आता था।

चार

"अगर इस शहर में रहना है तो खड़े-खड़े सोने और लोगों की पीठ पर अखबार रखकर पढ़ने की आदत डालनी पड़ेगी। गाड़ी में तूफान की तरह चढ़ना होगा और तीर की तरह उतरना होगा।" एक दिन आकाश ने ज्ञान दिया था।

यह शाम के छह बजे का वक्त था। गाड़ियाँ पंद्रह मिनट देरी से चल रही थीं। भीड़ देखकर मेरी घिग्घी बँध गई थी। लेकिन हम चूँकि भीड़ में शामिल हो चुके थे इसलिए आगे बढ़ने के सिवाय कोई रास्ता नहीं था। शहर के लोग पीछे हटने के आदी नहीं थे। मैं लगभग अंधों की तरह आगे घिसट रहा था। एक लड़की के स्तन मेरी पीठ से चिपके हुए थे। और

दूसरी की गर्दन से अनवरत बहता पसीना मेरी नाक पर दुर्गंध बनकर तारी था। आगे-पीछे, दाएँ-बाएँ सिर्फ लोग थे—आगे बढ़ते लोग। मैंने पहली बार महसूस किया कि भीड़ में कैसे दम तोड़ता है रोमांस। पीठ से चिपकी लड़की जिसकी पीठ से कोई और चिपका होगा, मुझमें उत्तेजना नहीं झल्लाहट भर रही थी।

करीब पंद्रह मिनट रेंगने के बाद हम ट्रेन के दरवाज़े के पास थे।

"खेंच मचा दो" आकाश चीखा था और ट्रेन के पायदान से लटक गया था। मैं असमंजस में था। नहीं, घबराया हुआ था। आकाश मुझे बुला रहा था लेकिन मेरी समझ में नहीं आ रहा था कि अपने आगे खड़ी भीड़ में से रास्ता बनाकर दरवाज़े तक कैसे पहुँचूँ। अंततः आकाश को ही ट्रेन से उतरकर मुझ तक आना पड़ा। उसके उतरते ही ट्रेन चलने को तत्पर हो गई थी। खिड़की पर बैठे चार-पाँच युवा लड़कों के एक दल ने समवेत स्वर में गाना शुरू कर दिया था—

तू न चलेगा तो चल देंगी राहें
मंजिल को तरसेंगी तेरी निगाहें
तुझको चलना होगा···

और ट्रेन चली गई थी। जाती ट्रेन को मायूस नजरों से देख आकाश ने रूमाल से पसीना पोंछा था और मुझे ज्ञान दे दिया था।

शहर मेरी पाठशाला बना हुआ था।

हालाँकि दूसरी ट्रेन छह मिनट बाद ही आती दिखाई पड़ गई थी लेकिन आकाश इस तरह क्षुब्ध हो गया था मानो बहुत बड़ी दौलत में सेंध लग गई हो। बुरा-सा मुँह बनाकर वह बोला था—"बाऊजी, इस बार जरूर चढ़ जाना वरना चूतियाई हो जाएगी।"

"छह मिनट का ही तो फर्क पड़ा है।" मैंने सहमा-सा प्रतिवाद किया था।

"छह मिनट··· !" आकाश चीखा था, "बाऊजी, छह मिनट में छह करोड़ का घपला हो जाता है यहाँ। छह खून हो जाते हैं और छह लड़कियों को रंडी बना दिया जाता है। क्या समझे ? आपको मालूम है, आप किस शहर में हैं ?"

सच में, तब ठीक-ठीक मालूम नहीं था मुझे कि मैं किस शहर में हूँ। उन दिनों शहर मेरे लिए या तो सनसनी था या विस्मय या केवल कोलाहल। ऐसा कोलाहल जिसके भीतर सारी हकीकतें डूब गई थीं। और जिस कोलाहल के बीचोंबीच मैं एकदम अनाथ-सा अवाक खड़ा रहता था।

ट्रेन आई थी और आकाश चीखता हुआ एक डिब्बे में समा गया था। लाख प्रयत्न के बावजूद मैं आकाश की तरह लंबी, चौकन्नी छलाँग नहीं ले सका था लेकिन इतना मैंने ज़रूर किया कि पहली बार भीड़ से कतराने की बजाय खुद को उस चीखते, हरहराते हुजूम के हवाले कर दिया।

और आश्चर्य कि मैं डिब्बे के भीतर था। भीतर खिड़की के सामने वाली एक सीट पर बैठा आकाश मंद-मंद मुस्करा रहा था। मुझे सीट तो नहीं मिल सकी थी लेकिन खड़े रहने की एक सुरक्षित जगह मैंने ज़रूर हथिया ली थी।

तीन मिनट के भीतर-भीतर पूरा डिब्बा अनुशासित, व्यस्त और शांत हो गया था। ट्रेन

चलने तक खड़े या बैठे लोग या तो सो गए थे या अखबारों में डूब गए थे या अपने-अपने भीतर उतर गए थे। बगल के एक डिब्बे से भजन का समवेत स्वर आ रहा था।

ट्रेन गति पकड़ रही थी।

गति मेरे जीवन ने भी पकड़ी। बहुत दिन के बाद।

आज याद नहीं है कि वह परिवर्तन क्रमिक था या आकस्मिक, लेकिन वह घटित ज़रूर हो चुका था।

वह बोरीवली की फास्ट ट्रेन थी और मुझे दादर जैसे भीड़ भरे स्टेशन पर उतरना था। वह भी शाम के छह बजे, जब ट्रेन के भीतर और ट्रेन के बाहर प्लेटफॉर्म पर जमा लोग एक-दूसरे पर आक्रमण के लिए सन्नद्ध खड़ी सेना जैसा दृश्य उपस्थित करते हैं।

दादर आया और वह चमत्कार घटित हुआ।

मैंने पाया कि मेरे कंठ से एक ऊँचा, कर्कश स्वर निकला और किसी मरखने साँड की तरह मैं प्लेटफॉर्म पर खड़ी भीड़ पर कूद पड़ा। भीड़ काई की तरह फटती चली गई और पल-भर बाद मैं विजेता की तरह स्टेशन के गेट पर था।

मुझे शहर में रहना आ गया था।

उस दिन दादर स्टेशन पर उतरने के बाद बहुत देर तक खड़ा-खड़ा मैं आश्चर्य से सोचता रहा था कि क्या वह मैं ही हूँ जो अभी-अभी डिब्बे से तीर की तरह छूटा है—साँड !

फिर मुझे बहुत कुछ समझ में आने लगा।

शुरू-शुरू के कुछ दिनों तक मैं यह देख-देखकर चकित होता था कि ट्रेन में घुसते ही लोग तपाक से सीट थामते हैं और 'टक्क' से सो जाते हैं। ऐसा कैसे होता है ?

फिर मैं खुद भी ऐसा ही करने लगा। सीट न मिलने पर खड़े-खड़े एक नींद निकाल लेने की कला भी मुझे आ गई।

यानी कि शहर मुझे अपने अनुकूल बना रहा था। यानी कि मैं उस शहर का वाशिंदा हो चुका था, जो अब तक कृष्णकांत का शहर था।

कृष्णकांत का शहर···जो कृष्णकांत की ही तरह रहस्यमय, रोमांचकारी और कठिन था।

इस शहर में आए मुझे छह महीने हो रहे थे। क्या-क्या नहीं हो गया था इन छह कठिन, मेहनती महीनों में ! कृष्णकांत का रहस्यलोक इन छह महीनों में मुझ पर पूरी तरह प्रकट हो गया था। आकाश ने मुझे अपनी दोस्ती के लिए चुन लिया था। कुर्ला की वह आठ बाई छह फुट की अँधेरी, सीलन भरी कोठरी, जिसे मैंने अपना अभिशाप समझा था, वरदान साबित हुई थी। लॉज का मालिक ईश्वरदास कृष्णकांत की बजाय मेरे साथ अपने दुःख बाँटने लगा था। जिस अखबार में मैंने ज्वाइन किया था उसमें मेरा प्रोबेशन पीरियड खत्म हो चुका था और मैं दिल्ली के बेकारी से पहले वाले दिनों की तरह एक बड़े और प्रतिष्ठित अखबार में अच्छे पद पर स्थायी हो चुका था। अखबार के संपादक ने मेरे दिल्ली के दुखों को सहानुभूतिपूर्वक सुना और महसूस किया था और मुझे काम करने की मुकम्मल आज़ादी दे दी थी। जिस पत्रिका को अखबार के साथ निकाले जाने की योजना थी, वह निकल चुकी थी और शहर के हिंदी भाषी समाज के दरवाज़ों पर उसकी दस्तक असरकारी होती जा रही थी। ठीक-ठाक लेखक-पत्रकार

के रूप में मुझे पहचाना जाने लगा था और मेरे दिल्ली के दुःख गल-पिघल रहे थे। शहर की पाँच सितारा पार्टियों में मुझे ससम्मान बुलाया जाने लगा था और मेरे इर्द-गिर्द नए दोस्त आकार लेने लगे थे। लॉज का किराया अब मैं नियमित रूप से चुकाने लगा था और दोपहर का भोजन ठीक-ठाक होटल में करने लगा था।

लतिका, लेकिन अभी तक दिल्ली में ही छूटी हुई थी। इस शहर में मेरा इकलौता गम फिलहाल यही था। मैं इस गम को नष्ट करने पर लेकिन आमादा था।

एक चीज और हुई थी लेकिन इन छह महीनों में। धीरे-धीरे मैं यह भूलता जा रहा था कि मुझे दिल्ली से बेदखल किया गया था। शहर मुझे अत्यंत मसरूफ़ किए दे रहा था।

कभी-कभी ही, बेहद भावुक, अकेले और उदास क्षणों में मैं इस बात पर विचार करने बैठता था कि आखिर इस शहर में मेरी सार्थकता क्या है? क्या चाहिए मुझे? कहाँ जाना चाहता हूँ और दिल्ली के जिस छोटे से घर में मैं अपनी पत्नी, अपने छोटे बच्चों, अपनी माँ, अपनी बहन और अपने तीन भाइयों को छोड़ आया हूँ वे आखिर किस परिणति को प्राप्त होने वाले हैं··· ? मुझे मालूम था कि तनख्वाह से बचाकर जो पैसे मैं लतिका को भेजा करता हूँ वे इतने लोगों के भरण-पोषण को कितना नाकाफी थे। राहत सिर्फ इतनी थी कि दिल्ली का घर अपना था।

लेकिन इस तरह के अशांत कर देने वाले विचार जिन अकेले क्षणों में पकड़ते थे मुझे, वैसे क्षण धीरे-धीरे विरल हो रहे थे। शहर मेरी नसों में उतर रहा था—अनायास, क्रमशः और चुपके-चुपके।

चुपके-चुपके नहीं, एकदम-अचानक कृष्णकांत का सारा तिलिस्म मेरे आगे खुल गया। शराब में लथपथ था—मैं भी, वह भी।

वह दिसंबर की रात थी।

मैं प्रेस क्लब से लौटा था। आकाश प्रेस क्लब का सदस्य था और उस शाम मुझे भी वह वहीं खींच ले गया था। वह मेरे जन्मदिन की भी तारीख थी और पहली बार मेरे जन्मदिन पर लतिका मेरे साथ नहीं थी। खासा भावुक और कमजोर हो उठा था मैं उस रात। शाम सात बजे से रात ग्यारह बजे तक आकाश और मैंने कुर्ला की उस लॉज और कृष्णकांत पर ही चर्चा की थी। एक जमाने में आकाश भी उसी लॉज का निवासी था और कृष्णकांत का जिगरी था। कृष्णकांत के कहे को कच मानें तो मेरी तरह आकाश को भी कृष्णकांत ने ही कुर्ला की उस लॉज का निवासी बनवाया था। फिर उस लॉज से निकलकर आकाश कुर्ला वेस्ट के एक फ्लैट में शिफ्ट हो गया था और कृष्णकांत कुर्ला ईस्ट की उस भुतहा लॉज में ही छूटा रह गया था। कृष्णकांत के अनुसार आकाश बहुत चालू और कृतघ्न था जबकि आकाश का यह मत निश्चित था कि कृष्णकांत जहीन होने के बावजूद पतन की खाई में गिर चुका है।

जाहिर है कि दोनों के बीच एक खाई उग आई थी। मैं उस खाई पर बना हुआ एक कमजोर-सा पुल था।

यह कमजोर पुल, प्रेस क्लब की उस रात ढह गया था। आकाश अपने संस्मरणों, तर्कों और अनुभवों से यह सिद्ध करने में सफल हो गया था कि कृष्णकांत, मेरा भाई, मूलतः एक

स्वार्थी, आत्मकेंद्रित, दंभी और शोषक किस्म का चरित्र है जिसका शगल है दूसरों को नष्ट करना और फिर एक क्रूर, उन्मत्त ठहाके के पीछे गुम हो जाना।

शराब और आकाश के इस ज्ञान से लथपथ मैं अँधेरे में टटोल-टटोल कर लॉज की लकड़ी वाली सीढ़ियाँ चढ़ रहा था और इस गणित से भिड़ा हुआ था कि लॉज छोड़कर किसी स्वतंत्र कमरे में कैसे शिफ्ट हुआ जाए।

रात का एक बज रहा था। अपने कमरे में जाने के लिए मुझे कृष्णकांत के कमरे के सामने से गुज़रना होता था। उस रात पता नहीं क्या हुआ कि मैंने कृष्णकांत का दरवाज़ा खटखटा दिया। शायद इसलिए कि कुछ देर पहले हमने कृष्णकांत पर ही बहस की थी और उसके कमरे की बत्ती भी जल रही थी। फिर मैं शराब के अभयारण्य में किसी बनैले पशु की तरह भी टहल रहा था।

एक मिनट के भीतर ही दरवाज़ा खुल गया। बिंदास। कृष्णकांत के जीवन की तरह।

"कौन बहनचोद है ?" दरवाज़ा खुलते ही कृष्णकांत दहाड़ा। वह बुरी तरह धुत्त था और उसने एक लड़की को दबोचा हुआ था।

भीतर ज़मीन पर शराब की एक खाली बोतल, स्टील के दो गिलास, मुर्गे की हड्डियाँ, सिगरेट के जले हुए टुकड़े इधर-उधर बिखरे पड़े थे। लड़की की आँखें और तन नशे से बोझिल था और कृष्णकांत किसी आक्रामक गुंडे-सा तना हुआ था। उसके बदन पर सिर्फ अंडरवियर था। लड़की भी लगभग नंगी ही थी।

"तू है ऽ ऽ ऽ !" मुझे देख कृष्णकांत ढीला पड़ गया। फिर बाईं आँख दबाकर बोला, "तू अपने कमरे पे चल। मैं इसे निपटाकर आता हूँ। आज तेरा जन्मदिन है न ! बहुत शराब है मेरे पास।"

तब तक मैं मुड़ चुका था। भले ही बंजारा और बेचारी हो लेकिन थोड़ी शर्म मुझमें अभी बाकी थी। लड़की भले ही रंडी हो पर वह उस लगभग नग्न अवस्था में कृष्णकांत के साथ थी। और नशे के क्रमशः तेज़ पड़ते आक्रमण के बावजूद मुझे याद था कि कृष्णकांत मेरा बड़ा भाई है।

लेकिन लड़की रंडी नहीं थी। वह कृष्णकांत की रात वाली प्रेमिका थी। रात वाली यानी शैला सिंघनी, जो हर रात कृष्णकांत के लिए रात का टिफिन लाती थी।

दोपहर का टिफिन शोभा बर्वे लाती थी।

जिस समय कृष्णकांत हाथ में ओल्ड मौंक की नई बोतल और मोनगिनीज़ के चिकन रोल थामे मेरी कोठरी में घुसा, मैं प्राचीन नैतिकताओं के पवित्र क्रोध में सुलगता काँप रहा था।

"अबे सुन बे ओ पिल्ले !" प्रेस क्लब में निकाले गए अपने निंदा विशेषांक की जानकारी पाकर कृष्णकांत गुर्राया, "अगर तू मेरा भाई न होता तो माँ कसम आज लॉज में एक खून हो गया होता। अबे मैंने अपने बाप-दादा को घास नहीं डाली, तू बेचता क्या है जो ज्ञान देने चला आया ? और सुन !" कृष्णकांत ने मुझे झकझोर दिया, "जिस आकाश की बातों पर भरोसा करके तू चला आया है वो अपुन की बंबई का नहीं, दिल्ली का है। याद रखना, तेरा वही दोस्त एक दिन तुझे डसने को दौड़ेगा। और यह भी सुन कि जिस अखबार में तुझे नौकरी करने का घमंड हो गया है, उस अखबार में अपुन साला चीफ रिपोर्टर था कभी। आज भी पर्सनल

डिपार्टमेंट में अपना नौ पेज का इस्तीफा रखा होगा।" कृष्णकांत ने धड़ाम से मेरी कोठरी का दरवाज़ा बंद किया और चला गया।

"मुझे घमंड नहीं है दद्दू," मैं कहना चाहता था, "मैं तो हालात को उनकी पारदर्शिता में जानना चाहता हूँ। मैं इस शहर में जागकर जीना चाहता हूँ, सोते रहकर नहीं।"

पाँच

शायद 'कथा' के दफ्तर में पहुँचकर मैं सो गया था। सुबह की फ्लाइट पकड़ने के लिए रात-भर का जागा हुआ था। योगेंद्रजी ने मुझे जगाया और गले लग गए।

"ओहो···हा···हा···हा···," योगेंद्रजी हँसे, "तुम तो बहुत मोटे-ताजे और सुदर्शन हो गए हो। सुना है तुमने बंबई को लूट लिया है।"

"नहीं, एकदम नहीं। बंबई को भी आपके लिए छोड़ दिया है।" मैंने जवाब दिया और उन्मुक्त हँसी हँसने लगा।

"हा···हा···हा···।" योगेंद्रजी ने फिर ठहाका लगाया और अपनी कुर्सी पर बैठ गए। कुर्सी पर बैठकर उन्होंने पाइप सुलगाया और इत्मीनान से बोले, "लाओ।"

"क्या?" मैंने पूछा।

"अरे!" योगेंद्र जी चौंककर बोले, "बंबई से आए हो और कुछ लाए नहीं?"

"नहीं···लाना क्या था?"

"अरे तुम तो बहुत ही नीच आदमी हो। सारा माल खुद पचा गए!"

योगेंद्रजी ने हताशा भरे स्वरों में कहा तो मुझे हँसी आ गई। पूरे छह साल बाद उनके मुँह से अपने लिए नीच शब्द सुना था। जब दिल्ली में था, नौ महीने की बेकारी वाला समय छोड़कर, तो शायद ही कोई शाम ऐसी जाती होगी जब वह टेलीफोन पर मुझे नीच, अधम, पतित, राक्षस आदि कहकर न बुलाते हों। शाम ठीक साढ़े छह बजे दफ्तर में उनका फोन रोजाना आ जाता था, "राक्षस, आज किसका वध किया?" वध करने से उनका तात्पर्य होता था कि आज का दारूकांड किसकी जेब से होने वाला है। कभी-कभी मूड में आने पर कहते थे, "कोई शिकार न मिला हो तो इधर आ जाओ। मैंने एक पतित को काटकर रखा हुआ है।"

तो? योगेंद्र जी बोले और फिर हंसने लगे। उनके चेहरे के भावों से साफ पता चल रहा था कि वे यह मानने को तैयार नहीं हैं कि मैं उनके पास खाली हाथ चला आया हूँ। मैंने धीरे से अपना बैग उठाया और उसमें से जॉनीवाकर ब्लैक लेबल की एक लिटर की बॉटल निकालकर उनके सामने रख दी, "यह केवल आपके लिए, शाम तो ओल्ड मौंक से ही सेलीब्रेट करेंगे।"

"तुम भी साले···!" वे फिर हँसे, बॉटल को मेज की दराज़ में रखते हुए धीरे से फुसफुसाए, "और वो कौन मँगाएगा?"

"क्या?" मैं सचमुच नहीं समझा था।

"शाम के लिए ओल्ड मौंक ?"

तुरंत बाद हम दोनों का सम्मिलित ठहाका 'कथा' की दीवारों पर टकरा रहा था।

मेरा मन प्रफुल्लित होने लगा था। योगेंद्र जी के साथ बैठकर लगता ही नहीं था कि सामने एक अत्यंत प्रतिष्ठित कथाकार, साहित्य की इकलौती पत्रिका का संपादक और उम्रदराज़ आदमी बैठा है। इस शख्स के साथ अपने रिश्ते को व्याख्यायित करना बहुत कठिन है। मैं सोच रहा था। इसके बावजूद कि इसके खाते में भी अपने प्रतिकूल कुछ कारनामे दर्ज हैं।

"केशव, खाना लगाओ।" उन्होंने आवाज़ दी।

मैंने जेब से एक खूबसूरत लाइटर निकालकर उन्हें दिया। उन्होंने ले लिया और धीरे से बोले, "थैंक्यू।"

"अरे, थैंक्यू ! थैंक्यू कब से बोलने लगे आप ?" मैं चौंक गया था। मित्रमंडली के बीच यह शब्द उनके संसार में नहीं था।

योगेंद्रजी फिर हँसे और बोले, "बहुत लोग आनेवाले हैं आज··· ।"

"मुझे मालूम है," मैंने सहजता से जवाब दिया, "जब बंबई से आपको फोन किया तभी मालूम था कि अब किसी और को बताने की ज़रूरत नहीं है। मैं पूरी तैयारी के साथ आया हूँ। सिर्फ अपने छोटे भाई को मैंने बताया था कि आज शाम मैं यहीं मिलूँगा।"

"छोटा भाई राकेश न ! क्या कर रहा है आजकल ?"

"वही जो पहले करता था। पत्रकारिता। एक नया अखबार है उसमें अच्छे पद पर है।" मैंने जानकारी दी, "मेरी वजह से शुरू में उसने भी बहुत कष्ट उठाए। जहाँ भी नौकरी के लिए जाता था, यह खबर पहले पहुँच जाती थी कि यह सोमेंद्र का भाई है।"

"तुमने भी साले पूरे शहर को ही अपना दुश्मन बना रखा था।" योगेंद्रजी फिर हँसने लगे।

केशव ने खाना लगा दिया। बहुत जमाने के बाद हम साथ खाना खा रहे थे। कीमा मटर सचमुच लाजवाब था लेकिन उसमें मिर्ची बहुत अधिक थी। मुझे पसीना-पसीना देख योगेंद्रजी बोले, "क्या हुआ ?"

"मैं मिर्ची खाना छोड़ चुका हूँ। मुझे अल्सर है।" मैंने सी-सी करते हुए कहा।

"तुम्हारा शरीर देखकर तो नहीं लगता कि तुम्हें कोई बीमारी होगी।"

"हाँ, ऊपर-ऊपर से ऐसा लगता है, लेकिन भीतर बहुत ज्यादा टूट-फूट है।" मैंने खाना बीच में ही छोड़ पानी पी लिया। गालों के छालों और जीभ के किनारों पर हाहाकार मच गया था।

"मिर्ची क्यों डाल दी ?" मैंने केशव से पूछा।

"मिर्ची के बिना सब्जी टेस्टी कैसे बनेगी ?" केशव ने जवाब थमा दिया। यह नेपाली लड़का योगेंद्रजी का मुँह लगा था।

मैंने सिगरेट सुलगा ली। योगेंद्रजी पाइप सुलगाने लगे। एक-दो गहरे कश खींचने के बाद योगेंद्र जी अपनी आदत के मुताबिक बोले, "बोलो !"

"बोलना क्या है। बंबई आइए।"

"तुम्हारा राजपाट देखने ?" योगेंद्र जी हँसने लगे, "बंबई से आने वाले लोग बताते रहते हैं तुम्हारे बारे में। और तुम अध्यक्ष किस चीज के हो गए हो ?"

"अरे वो···पत्रकार संघ का। चलिए संघ की तरफ से ही बुलवाते हैं।" मैंने प्रस्ताव रखा, "बताइए कब आते हैं?"

"मुद्रा?" उन्होंने पूछा।

"मुद्रा नहीं दे पाएँगे, संघ नया है। आने-जाने के सेकिंड ए. सी. के किराए पर पट जाइए।"

"क्यों?" योगेंद्रजी के माथे पर बल पड़ गए, "तुम्हारे वो तो हवाई जहाज़ से गए थे।"

"वो कौन?" मैं चौंका।

"वोई, भाई साहब।" योगेंद्रजी फुसफुसाए।

"ओ हो।" मैं समझ गया। मैं ही क्या, हिंदी साहित्य की पूरी नई पीढ़ी उन्हें भाई साहब ही कहती थी।

"भाई साहब का क्या है, वे तो हमेशा उड़कर ही जाते हैं," मैंने जानकारी दी, "वे तो हफ्ते में तीन दिन बंबई और तीन दिन दिल्ली में रहते हैं। हमारे फंक्शन में भी वो अपने खर्चे से आए थे।

"पैसे बहुत पीट रहा है।" योगेंद्र जी पाइप खुरचने लगे थे।

"आपको दूसरे के पैसों से जलन क्यों हो जाती है।" मैंने पूछा, क्योंकि इतना सीधा सवाल योगेंद्रजी जैसे लेखक से ही किया जा सकता था।

"हमें काहे को जलन होगी। लेकिन कायदे से कमाओ। स्वर्ग में देवकीनंदन खत्रीजी की आत्मा रो रही होगी।"

"खत्रीजी तो रॉयल्टी फ्री हैं।" मैंने चुटकी ली।

"अरे रॉयल्टी फ्री हैं तो रेप कर डालोगे?" योगेंद्रजी भड़क गए, "उसके घपलों के खिलाफ तुम लोग लिखते क्यों नहीं?"

मैंने तत्काल योगेंद्रजी को याद दिलाया, "इस शहर के तमाम पहुँच वाले लोगों के खिलाफ हम लोगों को भड़काकर आपने हमसे खूब लिखवाया। नतीजा क्या हुआ? जब पूरा शहर अपने को दरबदर करने पर एकमत था तब आप भी अपने साथ नहीं थे।" मेरे स्वर में तलखी नहीं उदासी आ गई थी। शायद इसलिए कि योगेंद्रजी को लेकर मेरे मन में 'सोफ्ट कॉर्नर' था।

"लेकिन मैं उन लोगों के साथ तो नहीं था।" योगेंद्र जी पाइप में नई तंबाकू भर रहे थे।

केशव ने मेज पर चाय लगा दी थी।

"क्या मालूम?" मैंने कंधे उचकाए, "आप ही के कुछ मित्रों ने बताया था कि 'न्यू इंडिया टाइम्स' में मेरी नियुक्ति आपका फोन जाने के बाद होते-होते रह गई थी। छोड़िए इन बातों को, छह साल बाद इन बातों का कोई मतलब नहीं है। अब तो आपके मित्र न्यू इंडिया टाइम्स के प्रधान संपादक निगम साहब को मरे हुए भी कई साल हो गए।"

मैं चाय पीने लगा। वे भी।

"तुम्हें किसी ने भड़का दिया है।" योगेंद्रजी हँसने लगे।

"हो सकता है, मुझे जो बताया गया, वह गलत ही हो। वह समय ही ऐसा था···" मैंने याद किया, सारा कुछ तो धुँधला था···हर आदमी अविश्वसनीय नज़र आता था···जिसको भी

थामने की कोशिश करता था, वह शर्म से फिसल जाता था। ऐसे में किसी ने आपका नाम लिया, मैंने मान लिया। लेकिन घटना सच है क्योंकि जब वह घट रही थी तब मैं निगम साहब के केबिन में ही बैठा था।"

"कौन-सी घटना?"

"फोनवाली।" मैंने जवाब दिया और पूरी घटना मेरी आँखों में इस तरह उतर आई जैसे वह तुरंत-तुरंत घट रही हो। बहुत-सी यादें जाती ही नहीं हैं। उनकी तरफ पीठ करके कितना भी तेज दौड़ो, उनकी सांसों का स्पर्श पीठ पर सतत बजता रहता है।

यह बेकारी के तीसरे या चौथे महीने की बात रही होगी। घर चरमराने की स्थिति को छू रहा था। सिगरेट सचमुच छोड़नी पड़ गई थी। गिने-चुने पैसे लेकर निकलना होता था। कई बार ऐसा भी होता था कि कोई आकस्मिक खर्च आ जाने पर घर वापसी का संकट खड़ा हो जाता था। उन दिनों रेडियोवाले मित्र काम आ रहे थे। तीन महीने में एक बार का नियम तोड़कर अधिक काम दे देते थे।

ऐसे ही एक काम के सिलसिले में मैं रेडियो स्टेशन गया हुआ था, एक परिचर्चा में भाग लेने। उसमें निगम साहब भी आए हुए थे। निगम साहब मुझे 'तापमान' के समय से जानते थे, जब मैं 'तापमान' में उप-संपादक था तब भी वह 'न्यू इंडिया टाइम्स' के संपादक थे। 'तापमान' के फंक्शन में उन्होंने स्वीकार किया था कि 'तापमान' का संपादक बनना भी उनका एक सपना था। जब मैं 'तापमान' से त्यागपत्र देकर 'चौथी सत्ता' में जा रहा था तब निगम साहब से भी मिलने गया था।

परिचर्चा के बाद नज़रें बचाकर मैं तेज़ी से निकलने को था कि निगम साहब ने टोक दिया। असल में दो-तीन महीने के भीतर ही जगह-जगह नाकामी का मुँह देखने के बाद मैं इतना पस्त हो चुका था कि और ज्यादा ज़लील होने की जहमत उठाने से बचने लगा था।

"कैसे हैं सोमेंद्रजी?" निगम साहब मेरे रास्ते में आ गए थे।

"ठीक हूँ साब।" मैंने झेंपते हुए जवाब दिया था। तीन महीने के भीतर ही मेरे मुँह से साहब निकलने लगा था।

"आजकल कहाँ हैं?" उन्होंने पूछा था।

और यही वह सवाल था जिससे जितना अधिक बचने की मैं कोशिश करता था उतनी ही अधिक तीव्रता से वह नाभि में आ लगता था।

"कहीं होने की कोशिश में हूँ, आप देंगे नौकरी?" मैंने सीधे-सीधे पूछ लिया था।

'चौथी सत्ता' में मीना हत्याकांड की रिपोर्ट आप ही की थी?" निगम साहब ने अचानक पूछा था।

"जी," मैंने कहा, "उस पर आपने अपने अखबार में संपादकीय लिखा था।"

"ठीक है तो फिर कल मिलिए।" उन्होंने कहा और चले गए।

रेडियो के दो-तीन मित्रों ने, जो वहाँ थे, तत्काल बधाई दे दी। एक ने कहा, ये नौकरी पक्की है। दूसरे को अफसोस हुआ, "अब तुम रेडियो टॉक में क्यों आओगे?" तीसरे ने कहा, "घर वापसी की बधाई।"

दरअसल 'तापमान', 'न्यू इंडिया टाइम्स' का ही सहयोगी प्रकाशन था।

मैं तो चुप था लेकिन शायद रेडियो के मित्रों ने अपने मित्रों को, उन मित्रों ने कुछ औ मित्रों को बताया होगा। नतीज़ा यह था कि आधे से ज्यादा शहर को पता चला गया था वि मुझे निगम साहब रखने वाले हैं।

मैं अगले दिन नियत समय पर केबिन में था। निगम साहब ने चाय भी पिलाई थी। फिर आत्मीयता से बोले थे, "तुम्हारे जैसे लोगों की हमें ज़रूरत है। लेकिन हमारी भी कुछ सीमाएँ है। एकदम बड़ी पोस्ट नहीं दे सकते। आप फिर से उप-संपादक होना चाहेंगे?"

"चलेगा।" मैंने सिर झुका लिया। सवाल पद को लेकर चुनाव का नहीं था। बेधक अपमान एकदम सामने तनकर खड़ा था। चौंतीस की उम्र में जिस-तिस जगह काम माँगने जाने की इज़ाज़त ज़मीर नहीं देता था। एक बैंक में केवल पाँच रुपए थे और दूसरे में एक सौ पैंतालिस। यह महीना बीतते-बीतते सबकी आँखें लतिका के मंगलसूत्र पर टिक जाने वाली थीं।

तभी वह फोन आया। उन्होंने सुना, हाँ-हूँ की और अचानक फोन पर लगा टेप का बटन ऑन कर दिया। मैंने सिर्फ इतना सुना—"देख लो, सवाल दोस्ती का है।" फिर फोन कट गया। निगम साहब मुझे प्रश्नवाचक नजरों से घूरने लगे। उनके चेहरे पर परेशानी के भाव थे। वे कुछ कहना चाहते थे लेकिन कह नहीं पा रहे थे। मैं समझ गया कि खेल हो गया है। कैसे नहीं समझता? आखिर मैं भी उसी मिठाई का हलवाई था जिसके बाकी लोग।

"दोस्ती बहुत महत्त्वपूर्ण होती है साब!" मैं उठते-उठते बोला, "मोहन राकेश ने लिखा है "आदमी का एक दोस्त तो होना ही चाहिए। वह भाग्यशाली है जिसके दो दोस्त हैं। और तीन दोस्त तो हो ही नहीं सकते।" ये फोन वाले साहब जरूर आपके पहले वाले दोस्त होंगे, नहीं तो आपके बारे में मशहूर है कि आप ज़बान के पक्के और प्रतिभा के कद्रदां हैं।"

"माफ करिएगा सोमेंद्रजी।" अपने विशिष्ट अंदाज़ में निगम साहब बोले थे।

"अरे साब, क्या बात करते हैं। आप लोग तो हमारे आदर्श रहे हैं। आपने इस लायक समझा यही बहुत है। वरना अपने को क्या पता नहीं है कि आपके केबिन के बाहर कितने लोग इंतज़ार करते-करते सड़ जाते हैं।" मैं बोला था और बाहर आ गया था।

अब मामला यह था कि सिर झुकाकर 'न्यू इंडिया टाइम्स' से इस तरह बाहर निकलना था कि किसी दोस्त की बर्छी न आ लगे।

बर्छी से तो बच गया था लेकिन भूख की कटारें निकल आई थीं। देखा कि जेब में कुल छह रुपए पिचहत्तर पैसे थे। मैं दिल्ली गेट की तरफ बढ़ रहा था। उसी दिशा में एक ढाबा था। पता चला राइस प्लेट बारह रुपए की है और दाल फ्राई आठ रुपए की। दाल फ्राई का तो प्रश्न ही नहीं था। मैंने आधा प्लेट चावल का आदेश दिया और उसमें थोड़ा-सा नमक और पानी मिलाकर तेजी से सटकने लगा। तभी देखा कि ढाबे के दरवाज़े पर 'न्यू इंडिया टाइम्स' के साहित्य संपादक अपने किसी दोस्त के साथ प्रकट हो रहे हैं। वे एक अच्छे कवि भी थे और कला समीक्षक भी। एक समय 'तापमान' में मेरे साथ काम करते थे लेकिन संपादक से मतभेद हो जाने के कारण 'न्यू इंडिया टाइम्स' में स्थानांतरित कर दिए गए थे। मुझे हर कीमत पर उन चावलों को उनकी नजरों से बचाना था। मैंने तत्काल बचे हुए सफेद चावल अपने रूमाल में समेट लिये। लेकिन तब तक शायद वे देख चुके थे।

लोग उन्हें आदर से पलाश जी कहकर बुलाते थे। वे सीधे मेरी तरफ चले आए और इस तरह खड़े हो गए जैसे बिना दाल वाले फीके चावलों का सारा अपराध उनके माथे पर हो। अपनी महीन आवाज़ में रुक-रुककर अपने परिचित अंदाज में बोले, "आइए, हमारे साथ खाना लीजिए। मालूम है कि इन दिनों आप तकलीफ में हैं। आप हृदयेशजी से मिल लीजिए।"

तब तक मैं खड़ा हो चुका था और चावलों वाला रूमाल जेब में रख चुका था। मैंने उनका अभिवादन किया और बताया, "हृदयेशजी से मिलता रहता हूँ मैं। दो-तीन काम दिए हैं उन्होंने।"

हृदयेशजी 'न्यू इंडिया टाइम्स' की बगल में बनी बिल्डिंग से निकलने वाले 'जनशक्ति' दैनिक के साहित्य संपादक थे। सत्ता के घमंड को चुनौती देने वाले अखबार का नाम था 'जनशक्ति।' और उसमें काम करने का ही नहीं लिखने का भी एक बड़ा मतलब था।

"तो फिर प्रभातजी से मिल लीजिए। कोई बता रहा था कि जनशक्ति के चंडीगढ़ संस्करण में वेकेंसी है।" पलाश जी ने सुझाव दिया।

मैं खिसियाकर रह गया। प्रभातजी से मिलना इतना आसान है क्या? मुझे अपनी पिछली कई व्यर्थ कोशिशें याद आ गईं। प्रभातजी की कलम का कायल था मैं। दूर से उन्हें कई बार देखा था पर मिलने का मौका नहीं मिल पाया था। पलाशजी का सुझाव अच्छा था लेकिन मामला बहुत कठिन था। प्रभातजी से उनके दफ्तर के ही लोग बड़ी कोशिशों के बाद मिल पाते थे, मैं कैसे मिलता? अक्षत मिलवा सकता था उनसे लेकिन अक्षत को पकड़ पाना ही कौन बड़ा आसान था। वह फील्ड में रहता था, सीट पर होता ही नहीं था। मुझे मालूम था कि अक्षत प्रभातजी का बहुत लाडला पत्रकार है।

"खाना लीजिए न!" पलाश जी विनम्रता और सहृदयता के सबसे नरम कोने पर खड़े थे।

"आपने पूछा इतना ही बहुत है।" मैंने कहा और उनसे विदा ली।

अब अक्षत को खोजना जरूरी था। बाहर निकल एक पेड़ के नीचे खड़े होकर मैंने बाकी चावल खा डाले। चार आने का पानी पिया और रूमाल को झटककर जेब में रख लिया। फिर मैं उसी धूप में तेज़ कदमों से 'कथा' के दफ्तर की तरफ निकल पड़ा। और जा भी कहाँ सकता था मैं। वहीं चाय मिलने की गांरटी की। कोई सहृदय सिगरेट भी पिला सकता था। घर वापसी के लिए कम-से-कम चार रुपए का भी जुगाड़ करना था।

जैसे ही 'कथा' में घुसा कि योगेंद्रजी ने तपाक से पूछ लिया, "मिल आए?"

"आपको कैसे मालूम?" मैं चकित था।

"पूरे शहर को मालूम है कि तुम्हें आज निगम साहब ने बुलाया था। क्या हुआ?" योगेंद्रजी पाइप सुलगाने लगे।

'कुछ नहीं हुआ।' मैं बैठ गया। फोन वाली बात मैंने छुपा ली।

योगेंद्रजी हँसने लगे।

बहुत बाद में एक टूटे कमजोर क्षण में जब योगेंद्रजी के ही दो-तीन अड्डेबाजों ने बहुत विश्वास से कहा कि निगम साहब के पास पहुँचा फोन योगेंद्रजी का ही था तो मानने के सिवा विकल्प ही क्या था? हो सकता है लोगों ने हमें भिड़ाने के लिए ऐसा कहा हो लेकिन जब मैंने इसे सच माना तब मैं बेहद कमज़ोर था। योगेंद्रजी और निगम साहब की गहरी दोस्ती के बारे में समूचा शहर जानता था।

छह

दोस्त लोग आने लगे थे। हर दोस्त के आगमन पर कुर्सी से खड़ा होकर गले मिलने और स्वस्थ हो गए हो, बंबई का पानी रास आ गया है, मोटे हो गए हो, गुरु जँचने लगे हो आदि-आदि सुनने का दौर काफी देर तक चलता रहा। 'कथा' में एकदम उत्सव जैसा माहौल हो गया था और अब इस उत्सव को 'सेलीब्रेट' करना था।

योगेंद्रजी ने मेरी तरफ देखा। मैंने केशव को देखा। केशव भीतर गया और ओल्ड मौंक की बोतल उठा लाया।

"इसमें क्या होगा ? चरणामृत की तरह पिएँगे क्या ?" योगेंद्रज़ी ने कहा और हँसने लगे।

"यह सोमेंद्र का स्टाइल है।" धर्मेश ने कहा, "आप शुरू तो करवाइए।"

केशव गिलास उठा लाया। कुल बारह दोस्त थे।

"चियर्स ! ! !" बारह हाथ उठे और बारह गिलास होंठों से लग गए।

इसमें कोई शक नहीं कि इतना बड़ा जमावड़ा सिर्फ योगेंद्र जी के ही यहाँ लग सकता था। मुझे इस पार्टी में सिर्फ दो दोस्तों की कमी खल रही थी—एक अपना शाकाहारी ब्राह्मण दोस्त रामकुमार और दूसरा ईश्वर दत्त। रामकुमार ऐसे जमावड़ों से बुरी तरह बिदकता था और ऐसे जमावड़े ईश्वर दत्त से बिदकते थे। सोमदत्त के कविता-संग्रह का शीर्षक 'किस्से अरबों हैं' ईश्वर दत्त के जीवन पर हू-बहू लागू होता था।

दूसरी बोतल खुलते ही अजय अपने एक फोटोग्राफर दोस्त के साथ आ गया। "गुरु, आज तो मजा आ गया।" अजय ने छूटते ही कहा और ठीक अपने पिता की तरह ह…ह… ह… करके हँसता चला गया। उसके पिता एक मशहूर कहानीकार थे और मृत्यु से कुछ महीने पहले वे बंबई में दो-एक दिन मेरे घर भी रहे थे। अजय भी धर्मेश और नीलेंद्र की तरह 'न्यू इंडिया टाइम्स' के सांध्य दैनिक में काम करता था। वह बहुत मस्त लड़का था और सही मायने में जिंदगी जी रहा था। यहाँ बैठे मित्रों में से सात यमुनापार की एक कॉलोनी दिलदारपुर में आस-पास रहते थे। सबके अपने घर थे और ये घर बनवा देने का इकलौता श्रेय नीलेंद्र को जाता था। मेरा घर भी उसी की जिद और दबाव के चलते बना था।

वह घर न होता तो आज मैं यहाँ बैठा न मिलता। टूटने के हर क्षण में उस घर ने मुझे ताकत दी थी। उस घर के एक हिस्से में आज भी मेरी माँ, दो भाई और एक बहन रहते हैं।

तीसरी बोतल खत्म होने तक सबको अपने घर याद आ गए थे। वैसे भी यह दिल्ली थी और यहाँ नौ बजे रात खत्म हो जाती थी। साढ़े आठ बजते महफिलें बर्खास्त हो जाती थीं। और साढ़े आठ बज गए थे। 'कथा' का दरवाज़ा बंद होने तक मेरा छोटा भाई राकेश भी अपने दफ्तर से आ पहुँचा। बची हुई चौथी बोतल मैंने उसके बैग में रखवा दी। अब आठ लोगों को दिलदारपुर जाना था। इन आठों में कोई भी कम दिलेर नहीं था। इनकी दिलेरी और दिलदारी के कारण ही दिल्ली में अभी तक महफिलें बची हुई थीं।

"घर ही चलोगे न ?" धर्मेश पूछ रहा था, व्यंग्य से।

"और कहाँ जाऊँगा ?" मैंने पूछा।

"तो फिर 'अनुपम निवास' में क्यों टिक गए ?"

"सुविधा होती है न ! शहर के बीचोंबीच रहने की सुविधा। दो मुलाकातों के बीच दो घंटे का वक्फ़ा हो तो वहाँ आराम कर सकते हैं। नहीं ?" मैंने पूछा।

"सो तो है।" धर्मेश मुस्कराया।

मैं उसकी मुस्कान का मर्म समझ रहा था।

"पापा बता रहे थे कि तुम्हारा घर समुद्र के पास है। मजा है गुरु।" अजय खुश था। वह किसी भी बात में से खुशी ढूँढ़ लाता था।

"है नहीं, था। पहले मैं कांदिवली में था। वहीं से गोराई का समुद्रतट नज़दीक पड़ता था।" मैंने स्पष्ट किया।

"अरे हाँ ! अब तो तुमने अपना फ्लैट खरीद लिया है। राकेश ने बताया था। गुरु मे बहुत अच्छा हो गया कि बंबई में अपना घर हो गया।" अजय ने दिलदारपुर के लिए दो ऑटो रुकवा लिये, फिर एक में मुझे साथ लेकर बैठते हुए बोला, "मैंने भी अपने लिए एक स्वतंत्र घर ले लिया है।" फिर वह हँसा ठीक अपने पापा की तरह।

राम आ।

राम घर आ।

घर में माँ है।

राम घर आता है।

मैं घर जा रहा था। कई बरस के बाद, घर में माँ थी।

बंबई में निदा फाजली के घर यह गजल बज रही होगी—देर न करना घर जाने में वरना घर खो जाएँगे।

बूढ़ा फकीर पेट में जाकर लपट बन गया था और मैं पूरी ताकत से बंबई की तरफ दौड़ रहा था।

सात

दौड़ते-दौड़ते मैं गोराई के समुद्र तट पर जा पहुँचा। लपटें वहाँ भी थीं। आग हवा की मानिंद बह रही थी। हत्यारे अपना काम कर चुके थे और निश्चिंतता के साथ समुद्र में नहा रहे थे। एकांत की छाती से ताजा लहू बह रहा था। मेरे पहुँचने से पहले वह मारा जा चुका था। उसका रक्त समुद्र में दूर तक चला गया था। अब कुछ नहीं कर सकता था मैं सिवा इसके कि हाथ में थामी बूढ़े फकीर की बोतल से चार घूँट हलक में उड़ेलूँ और एकांत के हत्यारों में शामिल हो जाँऊ। हत्याओं के जश्न में शरीक होने के सिवा और कर भी क्या सका था मैं इस एक वर्ष में। कुछ भी तो मेरे हाथ में नहीं था। क्या मैंने चाहा था कि शहर के किसी भी कोने में एकांत

जीवित न रहने पाए? इस क्रूर और हत्यारी इच्छा में कब शामिल था मैं कि सब कुछ उस आग के हवाले कर दिया जाए जो यहाँ भी बह रही है—गोराई के समुद्र में—समुद्र के बावजूद।

तभी पुष्ट कूल्हे और उन्नत वक्ष हिलाती हुई एक युवा लड़की बगल से गुज़री और समुद्र में चली गई। समुद्र में नहाता उसका साथी उसे आवाज़ दे रहा था।

मैं गमगीन हो गया। मुझे किसी ने आवाज़ नहीं दी यहाँ। ऐसी आतुर और तड़पभरी आवाज़ कि नसें नाच उठतीं। तनहाई ने तूफान मचा रखा था यहाँ। छुट्टियों के दिन और दफ्तर के बाद का समय हा-हा···हू-हू कर मेरे सामने खड़ा रहता था। लतिका अब तक दिल्ली से निकल नहीं पाई थी। वह वहाँ अकेली थी, मैं यहाँ अकेला था। ज़िंदगी में कभी अकेले नहीं रहना पड़ा था मुझे। दिल्ली का अपना घर छोड़कर मैं बंबई में एक घर पाने के लिए भटक रहा था।

इस भटकन ने ही मुझे जया से जोड़ दिया था। जया की जवानी को याद कर मैंने बूढ़े फकीर को होठों से लगा लिया। चार घूँट हलक में उतरे और तीखी जलन के पंख फैलाए कलेजे की तरफ उड़ चले। दिमाग में झन्न-सा कुछ हुआ। आँखों में खुमारी-सी उतरी और राहत ने दिल पर झपट्टा मारा।

जया ने भी किसी राहत की तरह झपट्टा मारा था।

मैं अपनी पत्रिका की आवरणकथा बंबई की सकी बालाओं पर करने के लिए बार-दर-बार भटक रहा था कि मलाड के एक बार में जया दिखी। वह सुंदर थी। उसका दैहिक रचाव भी निमंत्रण देने वाला था। उस पर कमाल यह कि वह पढ़ी-लिखी थी। वह इलाहाबाद से अपने प्रेमी के साथ बंबई कुछ बनने आई थी लेकिन मलाड के इस बार में खत्म हो रही थी। प्रेमी उस जैसी किसी और महत्त्वाकांक्षी लड़की की तलाश में खिसक लिया था। तीसरे पैग के बाद मेरी उत्तर भारतीय संवेदना सघन होने लगी थी। मेरी जेब में बहुत दिनों से एक चाँदी का सिक्का पड़ा था जो दीपावली के उपलक्ष्य में मुझे वहीं से उपहार में मिला था। कुर्ला के लॉज में मैं उसे वहाँ रखता, तो वह हमेशा मेरे साथ रहता था।

चाँदी का वह सिक्का, जिस पर गणपित बने हुए थे, मैंने उसकी हथेलियों में बंद कर दिया और फुसफुसाकर बोला, "अमीरज़ादा नहीं हूँ मैं, लेकिन मैं भी यू. पी. का हूँ और इस शहर में अकेला हूँ। दोस्त बनना पसंद करोगी?"

जया एक ही वाक्य में मान गई। शायद लोलुप नजरों की कतार ने उसे थका डाला था। वरना उस पर लुटती नोटों की माला के सामने मेरे चाँदी के सिक्के की बिसात ही क्या थी?

चलते समय मैंने उसे अपना पता दिया। दफ्तर का भी, कुर्ला के लॉज का भी।

"लॉज में रहते हो, पत्रकार होकर?" उसकी आँखों में दुःख में सना अचरज था।

"उसमें पत्रकार क्या करेगा?" मैंने खुद को भरसक संयत रखते हुए कहा था, "घर नहीं होगा तो लखपति भी लॉज में रहेगा। कितने-कितने तो लफड़े-टंटे हैं यहाँ एक घर पाने के लिए।" मुझे घर ढूँढ़ने में हुई परेशानियाँ याद आ गई थीं।

ग्यारह महीने का भाड़ा एक साथ माँगता। बैचलर नहीं चलेगा। बीवी कू साथ में लाना माँगता, तीन महीने की दलाली चाहिए। पच्चीस हजार डिपाजिट चाहिए। रात दस बजे के बाद गेट नईं खुलेंगा। जास्ती मेहमान लोक आना नईं मँगता। बेवड़ा पीके टाइट नईं होने का।

"छिः !" मैंने कहा और जया को बाई-बाई कह निकल गया था।

मैंने सिर झटका। तीन घूँट सटके और बोतल का ढक्कन बंद कर हत्यारों की तरह हा-हा हू-हू करते हुए समुद्र की तरफ और गहरे निकल पड़ा।

जया मेरे मस्तिष्क से फिसल गई थी।

सातवें दिन उसका फोन आया, दफ्तर में।

"अजीब आदमी हैं आप ?" वह झल्लाई हुई थी, "उपहार में गणपति देते हैं और भूल जाते हैं।"

"कौन ?" मुझे याद नहीं आया था।

"मैं जया। भूल गए ? आपने गणपति का सिक्का दिया था। मैं सात दिन से इंतजार में हूँ।"

"अरे !" मेरे दिमाग में नियॉन लाइट जलने-बुझने लगी थी। याद आया, मैंने जया से उसकी दोस्ती चाही थी और गणपति का अर्थ किसी भी काम का शुभारंभ होता है। यह अर्थ जया के जहन में चिपका रह गया था जबकि मैंने अगली ही सुबह इसे भुला दिया था।

उसी शाम मैं 'जानम' में था, जया के बॉर में। वहाँ जया मुझमें डूबने को प्रस्तुत थी।

मुझे लगा कि और आगे जाने पर मैं डूब जाऊँगा तो झटके से पीछे मुड़ा। समुद्र के किनारे एक छोकरा मेरी पेंट-शर्ट के पास मँडरा रहा था। मैं झपाटे से वापस लौटा। लड़के को मौका नहीं मिला कि सरक जाता। पर लड़के की शक्ल बताती थी कि वह उचक्का नहीं है। बहुत निरीह-सा चेहरा था, इतनी मासूम-सी उम्र में कई जगह से तड़क गया था। वह जीवन के बाहर आ गिरा लड़का था। उन हजारों लड़कों में से एक जो वापस जीवन में लौटने की खातिर जी जान से डटे हुए थे—चमत्कार के इंतजार में।

मैं उसके करीब पहुँचा तो उसकी आँखों में एक निर्जीव-सी चमक जागी। उसकी आँखों में उगी उम्मीद की लपट को हवा देते हुए मैंने पूछा, "पेंट-शर्ट की रखवाली करेगा ?"

"हओ।" वह चहककर बोला।

"कितने पैसे ?"

"एक चाहा, दो बड़ा पाव।"

"चलेगा।" मैं मुस्कराया। सौदा बुरा नहीं था। अब पूरी बेफिक्री से समुद्र के भीतर बूढ़े फकीर के साथ मस्ती की जा सकती थी।

लड़के को पेंट-शर्ट के पास छोड़ मैं वापस समुद्र के भीतर उतर गया। काफी आगे जाकर मैंने फिर दो घूँट हलक में उतारे और बोतल का ढक्कन बंद कर उसे पूरी ताकत से समुद्र में दूर उछाल दिया। लगभग गर्दन तक पानी में डूबकर मैंने अपनी आँखें बंद कर लीं। हत्या के बावजूद एकांत की उपस्थिति अपने भीतर अनुभव की मैंने। कुछ देर शांत रहने के बाद मैंने आँखें खोलीं—लहरें बूढ़े फकीर को वापस ला रही थीं, मुझ तक। मैंने हाथ बढ़ाकर बोतल पकड़ ली, ढक्कन खोला। एक घूँट भरा। ढक्कन बंद किया और फिर से, पूरी ताकत के साथ बोतल को समुद्र के हवाले कर दिया—अमानत की तरह। करीब चार मिनट के बाद समुद्र वह बोतल वापस करने वाला था। खुशी का एक तेज़, सुखद-सा झोंका मेरे बदन को सिहरन सौंप गया।

नहीं, अभी सब कुछ नष्ट नहीं हुआ है। समुद्र अभी है।

जया मेरे जीवन में समुद्र बन गई थी। जिस प्रेमी के साथ वह बंबई के समुद्र में उतरी थी, उसके सिवा किसी और को उसने अपने कूल-किनारे छूने नहीं दिए थे। उसके बंदरगाह पर उतरा मैं दूसरा व्यक्ति था। उसने कुर्ला की लॉज में बंधक पड़ी मेरी जिंदगी मुझे लौटा दी थी। कुर्ला की लॉज से निकल मैं अब गोराई स्थित जया के घर में रहने आ गया था, उसका पति बनकर। यों हमने एक-दूसरे को अब तक अपने-अपने जिस्मानी रहस्यों और रोमांचों का हिस्सेदार नहीं बनाया था। जया के साथ रहने के लिए खुद को जया का पति घोषित करना जरूरी था या फिर कुर्ला की लॉज में रहो।

लेकिन जया के साथ साधु-संतों की तरह रहते-रहते मेरी जिस्मानी बदहवास बढ़ रही थी। जया नहीं थी तो लतिका से मिले सुख याद नहीं आते थे। जया के सामने वे सिर पर चढ़कर तांडव करते थे। मैं उत्तेजना और उदासी के शिखरों पर चढ़ा तार-तार होता रहता था।

जब तक बोतल लौटी, मैं उदास हो चुका था।

पानी में उछलते-कूदते बच्चे, एक-दूसरे से अठखेलियाँ करते प्रेमी युगल, वीतरागी लहरें, दूर दाएँ किनारे पर मछलियाँ बेचती कोली बाइयाँ, नारियल पानी पीते परिवार—सब कुछ मुझ से बाहर था, अपने में स्वायत्त। सिर्फ एक टूटा हुआ मासूम-सा लड़का था, मेरी पेंट-शर्ट की रखवाली करता हुआ। जो उस समय तक मुझसे संपृक्त था, जब तक वह चाय और बड़ा पाव नहीं पा जाता था। उसके बाद वह भी गुम हो जाने वाला था, हमेशा के लिए । ये कैसी अजीब जगह आ गया हूँ मैं? एक बार देखा चेहरा यहाँ लाख खोजने पर भी दुबारा दिखाई नहीं पड़ता।

बूढ़े फकीर का अंतिम घूँट भरकर मैंने उसे वापस फेंक दिया। सिगरेट की तलब लग रही थी लेकिन मैं समुद्र में थोड़ा और आगे बढ़ गया। नज़रें घुमाकर देखा– सबसे आगे था मैं। एक फालतू-सी खुशी हूई। फिर मैं लौटा—लथपथ, लड़के को पाँच का नोट दिया। वह कपूर-सा उड़ गया। सिगरेट जलाई और रेत पर चित्त पड़ गया।

जब आँख खुली तो पेट जल रहा था और सूरज ठंडा पड़ गया था। समुद्र की शोर करती लहरें बेहद करीब आ पहुँची थीं। अगर घंटा-भर और आँख न खुलती तो लहरें मुझे खींचकर समुद्र की अतल गहराई में ले जाने का मन बना चुकी थीं। दूर-दूर तक कोई नहीं था। अंधेरा किसी रहस्य की तरह बढ़ा आ रहा था। फिर भी मैं कुछ देर तक लेटा ही रहा और समुद्र को सुनता रहा। गोराई के उस तट पर एकांत जीवित हो उठा था। मेरे भीतर आह्लाद की नन्हीं-सी कोंपल फूट आई। लेकिन छुई-मुई के पौधे-सी तुरंत ही वह मुर्झा भी गई। हत्या की कीमत पर उपलब्ध इस एकांत को कब तक थामे रखा जा सकता है? यह जुहू नहीं, गोराई है। शाम सात बजे के बाद लोग इस तरह भागते हैं यहाँ से मानो कुछ ही देर में प्रेतात्माओं का मेला जुटने-वाला हो।

वही हुआ जिसका डर था।

मछुआरों की बस्ती को लड़खड़ाते कदमों और आशंकित मन के साथ पार करने के बाद जब मुख्य सड़क पर आया तो लॉज तक पहुँचाने के लिए एक भी ऑटो आ ताँगा उपलब्ध नहीं

था। सिगरेट की इक्का-दुक्का दूकान में कोई बल्ब आखिरी उम्मीद की तरह टिमटिमा रहा था। बाकी सब तरफ अँधेरा था। मछुआरनें तक अपना माल बेचकर जा चुकी थीं। आवारा कुत्तों के दल बेबात भौंकते हुए सड़क पर टहल रहे थे। लॉच तक जाने का रास्ता इतना निर्जन और असुरक्षित था कि पैदल जाने के ख्याल मात्र से रुह काँपने लगी। मैं निरीह सा एक सिगरेट वाले की दूकान पर जा लगा। विल्स का एक पैकेट लेकर मैंने पूछा, "कोई सवारी मिलेगी क्या ?"

"अजनबी हो ?" पान वाला मुस्कराया।

"नहीं, जरा आँख लग गई थी।" मैंने विश्वास भरे शब्दों को अपने पास बुलाया।

"ओह, तो बेवड़े हो। पैसा है ?"

"मतलब ?" मैंने पेंट की जेब में रखे पर्स को दबोच लिया। पर्स में ज्यादा पैसे नहीं थे लेकिन सवाल कम-ज्यादा का नहीं था, सवाल था इस सच्चाई का कि जीवन की मामूली-मामूली खुशियों से महरूम इस निर्धन बस्ती में, जो दिन-भर वैभव को समुद्र में ठाठें मारते देखती थी, पाँच रुपए के कारण भी चाकू पसलियों में उतर सकता था। जाहिर है कि मैं पसीने से सराबोर था।

"मतलब बोले तो ? बाबू साहेब, पचास रुपिआ देओ तो अपुन तुमको साइकिल से छोड़ने को सकता। क्या ?" पान वाला सहज था।

"ओह," मैं भी सहज हो गया, "चलो।"

पान वाले ने झटपट दूकान बंद की। जाहिर है कि दो घंटे भी वह दूकान को और खोले रखता तो पचास रुपए की कमाई नहीं होने वाली थी। मुझे भी खास मलाल नहीं था। ताँगे वाले भी दिन में तीस रुपए से कम पर राजी नहीं होते।

लांच जाने ही वाली थी। मात्र तीन सवारियाँ थीं उसमें, तीनों लोकल। अपने में दबी, ढकी, संकुचित, उनमें शहर का भय था, मुझमें शहर से दूर होने का।

पान वाले को पाँच रुपए अतिरिक्त दिए मैंने तो उसके बाइज्जत लौटा दिए। बोला, "मेहनत की खाते हैं अपुन।"

"तुम भी मरोगे बेटा।" मै बड़बड़ाया लेकिन उसके आत्मविश्वास को देख मुझे अपने बंबई में होने पर सहसा गर्व हो आया। लांच में सवार हुआ तो एक नामालूम-सी खुशी इर्द-गिर्द मँडरा रही थी। अकेला होकर भी कितना सुरक्षित था मैं।

सुरक्षा का अहसास आते ही भूख ने अपने तमाम पंजे पेट में गड़ा दिए।

घर में न खाना था न जया। दूसरी चाबी से दरवाज़ा खोलकर जब मैं कमरे में घुसा तो सबसे पहले किचन में ही गया था। वह खाली था, धुला-पुछा। मेज पर एक चिट पड़ी था–-'जा रही हूँ, सुबह मिलेंगे। खाना बाहर खा लेना—जया ?'

मैंने तुरंत पर्स टटोला। उसमें मात्र चालीस रुपए थे। फिर चोर जेब देखी, सौ का एक नोट वहाँ मुड़ी-तुड़ी अवस्था में पड़ा मुस्करा रहा था। इस चोर जेब के नोटों ने मुझे एन वक्त पर बहुत बचाया है। एक ही पर्स में रहने के बावजूद अपने भुलक्कड़ स्वभाव के कारण मैं इस चोर जेब के खजाने को अक्सर भूला रहता हूँ। उसकी याद तभी आती है जब पर्स की मूल जेब गरीब हो जाती है।

यह गरीबी जीवन से जाती ही नहीं है। हालाँकि नौकरी करते पूरा एक साल बीत गया है और पैसे भी कम नहीं मिलते, लेकिन इस शहर में पैसों की कमी हमेशा बनी ही रहती है। लतिका को मनीऑर्डर कर देने के बाद जो बचता है वह यात्रा, भोजन और मकान के भाड़े में ही खलास हो जाता है। वह तो गनीमत है कि जया के साथ रहने की वजह से मकान का किराया आधा ही जाता है। मैं चाहता तो यह आधा किराया भी बच सकता था, जया ले नहीं रही थी। मैं ही नहीं माना। मन में भीतर कहीं यह भय था कि पैसे नहीं दिए तो जया मुझ पर हावी होने की कोशिश करने लगेगी। अभी तो बराबरी का मामला है, साढ़े चार सौ वह देती है, साढ़े चार सौ मैं देता हूँ। घर के लिए जो राशन-पानी आता है वह भी आधा-आधा तकसीम हो जाता है। बिजली का बिल भी दो हिस्सों में बँटता है। टेलीफोन हमने लिया नहीं है हालाँकि मुझे अब घर पर फोन की ज़रूरत महसूस होने लगी थी। लेकिन फोन का होना खतरों के चक्रव्यूह में उतर पड़ने जैसा था। फोन होता तो लोगों को नंबर भी देना पड़ता। शहर में एक दूसरे के घर जाने की रिवायत नहीं है, सिर्फ फोन से काम चलता रहता है। फोन होता तो कभी जया उठाती कभी मैं और पूरे शहर को पता चल जाता कि मैं जया नाम की किसी नाचने वाली के साथ रहता हूँ। यह सूचना मिलते ही शहर में निंदा विशेषांक निकलने शुरू हो जाते। निंदा विशेषांकों की परवाह न भी करें तो अगर भूल से भी लतिका का फोन जया उठा लेती तब?

लतिका को कैसे समझाता कि हे मेरे संघर्ष की धैर्यवान संगिनी, तेरा पति पाक साफ है और जया के साथ रहते हुए भी उसका चरित्र कुंदन की तरह दमक रहा है। उसने बंबई को देखा जाना नहीं है। बंबई के तिलिस्म का एक-एक कोना उसके लिए एक-दम अजाना है। वह समझ ही नहीं सकती कि बंबई में ऐसे भी संभव है जीवन। लतिका ही क्यों ? क्या दिल्ली का एक भी आदमी यह सोच सकता है या मानने को तैयार हो सकता है कि दो स्त्री-पुरुष इसलिए एक छत के नीचे हैं कि एक को रहने का ठिकाना चाहिए और दूसरे को सामाजिक सुरक्षा।

जब मैं जया से जुड़ा तो पुराने घर में उसका ग्यारहवाँ अंतिम महीना चल रहा था। मुझसे जुड़ने के बाद उसने उसी कॉलोनी के दूसरे छोर पर यह अपेक्षाकृत बड़ा घर किराए पर लिया। बड़ा इस मामले में कि इसमें किचन भी है और एक बड़ी-सी दुछत्ती भी, जिस पर सीढ़ियों के ज़रिए जाया जा सकता है। अपने लिखने-पढ़ने का काम मैं वहीं करता हूँ। अव्वल तो अपने किसी मित्र को अपने घर का पता मैंने दिया नहीं है। कोई माँगता भी नहीं है। इतनी लंबी-लंबी दूरियों पर रहते हैं लोग कि किसी को किसी के घर जाने का न उत्साह रहता है न जरूरत, इसलिए घर कोई आता नहीं है। जया के मित्र हैं ही नहीं। उसके जो भी हैं, सब ग्राहक ही हैं इसलिए उससे मिलने कोई आए, इसका सवाल ही नहीं है। फिर भी कभी-कभार यदि कोई आस-पड़ोस का व्यक्ति पत्रकार होने के नाते मुझसे मिलने आए तो जया दरवाज़ा खोलकर खड़े-खड़े मना कर देती है—"वो नहीं हैं।"

"वो !" मुझे हँसी आ गई, पूरी उत्तर भारतीय है जया। जानती है कि पति को 'वो' कहते हैं। मुझसे जुड़ने के बाद से कैसी ठसक और खनक भर गई है उसके व्यक्तित्व में, पहले कैसी डरी-डरी और आक्रांत रहती थी। अब पूरे मिसेज सोमेंद्र वाले रौब-दाब से रहती है। पत्नी बन-कर घर से निकलती है एकदम निश्चिंत और निर्द्वंद। आवाज़ अच्छी है इसलिए खुद को नाइट ड्यूटी करने वाली रेडियो एनाउंसर बताती है। रात को उसे लेने के लिए उसके बार के

कार आ जाती है। बैंक बैलेंस क्रमशः मोटा हो रहा है। मजे हैं जया रानी तुम्हारे, ऐश करो। मैं सोच रहा था और प्रसन्न था।

सही भी है मैं भी कम प्रसन्न नहीं हूँ इस जीवन से। घर का स्वादिष्ट खाना मिलता है। सोने के लिए आरामदेह बिस्तर है। कपड़े लांड्री से धुलकर आ जाते हैं। न लॉज के मच्छरों-खटमलों के साथ संघर्ष है, न कृष्णकांत का रौबदार बर्ताव—न समय-बेसमय चले आने वाले उसके अपोरी-टपोरी टाइप के धमाल मचाते मित्र। जब से जया के साथ हूँ लिखने-पढ़ने भी लगा हूँ। सबसे बड़ा सुख कि बीवी वाली खिचखिच और तकरार भी नहीं है यहाँ।

बाहर से एक परन्तु भीतर से बँटा हुआ हम दोनों का जीवन किसी कहानी से कम दिलचस्प और रोमाँचक नहीं है। वैसे इतना तो लाख सावधानी के बावजूद हो ही जाता है कि मैं नहाकर निकला तो इसकी और यह नहाकर निकली तो मेरी नजर एक-दूसरे के शरीर से टकरा ही जाए। आखिर चौबीस घंटे पूरे कपड़े पहनकर थोड़े ही रह सकता है कोई। इतना भी चल जाता है कि इसके माथे में दर्द हो तो मैं बाम मल दूँ और मुझे सर्दी हो जाए तो यह मेरे गले और माथे पर विक्स लगा दे या कभी-कभार साथ खाना खाते समय एक-दूसरे के हाथ आपस में टकरा जाएँ या नहाते समय यह अपना टॉवल भूल जाए तो मैं पकड़ा दूँ और मैं भूल जाऊँ तो यह दे दे। इस भूला-भाली में या साथ रहने की इस अनिवार्य स्वाभाविकता में कभी-कभार उसकी नंगी-गोरी पीठ दिख जाए या उसके स्तनों का कोई हिस्सा सहसा रोमांचित कर दे, इतना तो चलता है, लेकिन इससे ज्यादा कुछ नहीं। हाँ, इसका दैहिक वीतराग देख यह जरूर पता चलता है कि पुरुषों के मुकाबले स्त्रियाँ कम कामाकुल होती होंगी शायद।

सोचते-सोचते नौ बज गए तो मैं चौका। नहा-धोकर तैयार होने तक नौ बीस हो चुके थे। बैग में निमंत्रण पत्र मौजूद था। साढ़े दस तक भी पहुँचा तो चलेगा।

लेकिन जया के साथ मेरा यह सुखी जीवन कब तक चल पाएगा। मैंने सुखी जीवन के पहरेदार घर के दरवाज़े पर ताला लगाते हुए सोचा था। आखिर लतिका और बच्चों को बंबई लाना ही है। वे वहाँ मैं यहाँ ऐसा अनंतकाल तक थोड़े ही चलनेवाला है। ऐसी मेरी मंशा भी नहीं थी। जया से अलग होकर स्वतंत्र घर लेने की तैयारी भी मैंने शुरू कर दी थी। कुछ न करते-करते भी अब तक मैंने बैंक में छह हजार रुपए जमा कर ही डाले थे। जया जैसा घर पाने के लिए डिपाज़िट के दस हजार और दलाली के दो हजार यानी कुल बारह हजार जमा करने थे। आधा सफर तय भी हो गया था। लेकिन सच्चाई यह थी कि दिल्ली में वनवास भोगते हुए लतिका को एक वर्ष बीत रहा था। मैं तो चमक-दमक-वाली, फिल्मी ग्लैमर और पाँच सितारा पार्टियों वाली, नए मित्रों और पत्रकारिता की नई जिम्मेदारियों वाली व्यस्त बंबई में हूँ, लेकिन लतिका तो सुबह से रात तक निपट अकेली, निष्ठुर दिल्ली में है, सिर्फ हफ्ता-दस दिन में पहुँचने वाले मेरे खत के भरोसे। "कब लेने आओगे, यहाँ बहुत दम घुटता है।" कितनी ही बार लिख चुकी है लतिका।

"बस कुछ दिन और। थोड़ा-सा ही संघर्ष और बाकी है"। मैं हर बार लिख भेजता था और अपने बैंक बैलेंस की छोटी राशि का रोना रोता था। घर मिल पाने की दिक्कतें भी बढ़ा-चढ़ाकर गिनाता ही था और बताता था कि कितनी भयानक यातना के साथ कुर्ला की

लॉज में कितने कठिन दिन बड़ा पाव और भाजी पाव के सहारे निकाल रहा हूँ। जया के घर वाला सुख तो जाहिर है छुपाकर रखना ही था लतिका से लेकिन यह सुख ज़रूर शेयर कर लेता था मैं उसके साथ कि यदा-कदा यहाँ के पाँच सितारा होटलों में महँगी शराब और अच्छा खाना खा-पी आता हूँ कि मेरा वजन एक साल के भीतर अड़तालिस से बावन किलो पर पहुँच गया है, कि जब तू आएगी तो अपन पहला भोजन 'सेंटूर' में करेंगे।

मैं 'सेंटूर' में प्रवेश कर रहा था। रात के ठीक दस बीस हो रहे थे।

आग! मेरे दिमाग में उस आग की लपट कौंध गई। सेंटूर में रात अपने यौवन पर थी और उस लड़की का यौवन आग-सा दहक रहा था, जिसे घेरकर खड़े शहर के कई पत्रकार और फोटोग्राफर मोम से पिघल रहे थे। उसके ब्रा की जगह आड़ी-तिरछी सफेद पट्टियों से बनी कोई चीज पहन रखी थी। नीचे झालरों वाला मात्र एक फुट लंबा सफेद फ्रॉक था। जिस वक्त मैं वहाँ घुसा, शहर का एक बड़ा फोटोग्राफर छोटी हरकत कर रहा था। वह कुछ उठाने के बहाने जमीन पर झुका था और उत्तेजित आँखें बनकर फ्रॉक के भीतर ठहर गया था। लड़की बिदरी नहीं थी। हल्का-सा मुस्कराई थी और इठलाकर दूर हट गई थी। कैरियर के आरंभ में बिदकने के खतरों से शायद वह पूरी तरह वाकिफ थी।

मुझे देखते ही पीआरओ शकील लपककर आया और हाथ पकड़कर लड़की के सामने ले गया। लघुता के सबसे नीचे और चापलूसी के सबसे ऊँचे पायदान पर खड़े होकर वह हिनहिनाया, "सर, ये रोशनीजी। हमारी फिल्म की हीरोइन। डायरेक्टर साहब की नई खोज., और रोशनीजी! ये हैं मिस्टर सोमेंद्र जिस पर एक राइट अप लिख दें, वह नया सितारा हो जाए। हा⋯हा⋯हा⋯।" शकील हँसा। रोशनी भी हँसी, फिर बहुत इतराते हुए उसने हैलोऽऽ को खींचा और हाथ आगे बढ़ा दिया। रोशनी से हाथ मिलाते हुए मैंने थोड़ा-सा दबाव बढ़ाया और मुस्करा दिया।

"कुछ लीजिए न।" वह बुरी तरह लाड़ में आ गई थी। एक तीखी और मादक अंगड़ाई की तरह इस तरह अपना बदन उसने ताना था मानो मुझे उसके बदन का ही कोई टुकड़ा उठाना हो।

"श्योर!" मैंने गर्दन को हल्का-सा झटका दिया था और पत्रकारों के जमघट की तरफ फिसल गया था। आकाश अपने अनूठे व्यक्तित्व और मुँहफट संवादों सहित वहाँ मौजूद था और मुझे देखते ही चीखा था, "खैंच मचा दो।"

उसका आशय था शराब पर टूट पड़ो। नए-नए शब्द ईजाद करने में उसे महारत हासिल थी। मुझसे सात बरस पहले वह भी वाया ग्वालियर दिल्ली से ही आया था। वह 'न्यू इंडिया टाइम्स' की एक पत्रिका में काम करता था। दिल्ली में मेरे, पत्रिकारिता से पहले के अत्यंत बुरे दिनों और संघर्षों का वह गवाह रह चुका था। उसने दिल्ली में मेरे उन दिनों के पवित्र स्वप्नों को धू-धू कर जलता देखा था और मेरी जिद्दी कोशिशों को थकता पाया था। 'चौथी सत्ता' छोड़कर सड़क पर आ जाने और पूरे जमाने से निहत्थी लड़ाई मोल लेकर चारों तरफ से फँस जाने की दास्तान भी उसने बंबई में रहते जान सुन ली थी। उसका फोन तंत्र पूरे देश में मशहूर था और किसने कब, कहाँ, क्या चोट खाई या दी इसकी जानकारी उसके दिमाग में कंप्यूटर की तरह दर्ज रहती थी। मुझे लेकर एक अदृश्य-सी संवेदना और कोमल-सी अनुभूति उसके

लापरवाह दिखते लेकिन मूलतः चौकन्ने व्यक्तित्व में कहीं गहरे आज भी सुरक्षित थी। मेरे बंबई आने पर शहर के कई खास लोगों से उसने मेरा परिचय अपने विशेष अंदाज में मुस्कराते हुए यह कहकर दिया था, "अपने सोमेंद्रजी, बहुत खास हैं।"

"सुबह कहाँ थे ? मैंने फोन किया था, घंटी बजती रही।" मैंने उलाहना-सा दिया, दरअसल आज की छुट्टी का दिन मैं उसी के साथ गोराई के समुद्र पर बिताना चाहता था।

"वो क्या है कि टेलीफोन की मदर के साथ कुछ ट्रबल हो गई थी। घंटी एक्सचेंज में बजी होगी।" उसने ठहाका लगाते हुए बताया।

"मैं आज गोराई गया था। तुम नहीं मिले तो बूढ़े फकीर को ले गया।" मैं बोला।

"ऐई शाब्बास, फाड़ दो।" उसके अपने मौलिक अंदाज में कहा।

फिर हमने खैंच मचा दी।

"आई वांट टॉलरेट।" आकाश ने अपना शराब से जुड़ा जुमला उछाला और हीरोइन की तरफ देखते हुए पूरा गिलास एक साँस में गटक लिया।

कुछ लोग धुत्त हो चुके थे और मेजों पर लुढ़क गए थे। यह उनके घर जाने तक विश्राम में रहने के क्षण थे। कुछ लोग खाने पर टूट पड़े थे। मेज के एक कोने में चमड़े के कुछ बैग रखे थे। मैं समझ गया फिल्म रद्दी होगी। उपहार और स्वागत जितना ऊँचे दर्जे का होता था, फिल्म उतने ही नीचे दर्ज की होती थी।

फिल्म पाक्षिक 'काया' का रिपोर्टर पीआरओ शकील से टैक्सी का किराया माँग रहा था, यह दृश्य देखकर आकाश को हँसी आ गई और वह काजू चबाते हुए होठों पर दो उँगलियाँ रखता हुआ बोला, "टुच्चई से बाज नहीं आते लोग।"

मैंने सिर्फ दो पैग पीकर अपनी प्लेट में मटन पालक और चिकन बिरयानी उठा ली। पेट सुबह से खाली था और बूढ़े फकीर ने वहाँ कत्थक किया हुआ था।

हीरोइन विदा ले रही थी। मुझ तक आई तो मैंने अपना रटा-रटाया वाक्य दोहरा दिया, "गो अहेड।"

"थैंक्यू।" वह आधी झुक गई। उसके वक्ष दूधिया थे। मेरे हाथ से मटन की बोटी छूट गई। वह दूर जा रही थी।

"बांटू है..." आकाश फुसफुसाया।

"ओफ्फो !" मैंने आकाश के अंदाज में कहा और हम दोनों ने एक साथ ठहाका लगाया।

इसी सेंटूर में पहली बार जोर से हँसने पर मेरे मुँह से 'सॉरी' निकल गया था।

साढ़े बारह बजे हम सेंटूर से बाहर आए—लथपथ लेकिन तृप्त।

बाहर रात स्ट्रगलर की तरह थक गई थी। फिर भी रोशनियाँ चाकू की तरह तनी हुई थीं। मैंने एक टैक्सी रोकी। दरवाजा खोला और सीट पर बैठकर बोला, कांदिवली।

"फाड़ दो।" आकाश टैक्सी के बाहर से हाथ हिला रहा था।

एक पूरा दिन जलकर राख हो गया था। उसे जले दिन की राख से नया दिन पैदा हो चुका था।

जया 'जानम' में नाच रही होगी। मैंने सोचा और सो गया।

मैं नशे में था, जया नाइटी में।

अपनी चाबी से दरवाज़ा खोलकर भीतर घुसा तो दंग रह गया। जया इस वक्त ? यह तो सुबह तीन बजे आती है, जब मैं सोया हुआ होता हूँ। आज मैं जागा हुआ हूँ और यह सो रही है ! भले ही सुबह तीन बजे आती हो लेकिन सोती वह तभी थी जब मैं नहा धोकर दफ्तर निकल जाता था। जया को सोते हुए मैं पहली बार देख रहा था। उसने सफेद रंग की नाइटी पहनी हुई थी। जो इतनी पारदर्शी थी कि उसका पूरा जिस्म प्रकाशमान हो गया था। उसने ब्रा भी नहीं पहनी थी इसलिए अब तक आधे-अधूरे देख गए उसके उन्नत और पुष्ट वक्षों को मैं पहली बार देख पा रहा था। उसके लंबे सुनहरे बाल आधे छाती पर लेटे थे और आधे पीठ के नीचे बिछे थे। सोते समय उसके रसभरे होंठ जरा से खुल गए थे मानो किसी को पुकारते-पुकारते सो गए हो। आती-जाती सांसों के कारण उसके वक्ष एक खूबसूरत लय में ऊपर– नीचे हो रहे थे। इस जया को देखकर पूरी शताब्दी के दुःखों को चैन आ सकता था।

लेकिन मेरा चैन जाता रहा। मैंने चोरों की तरह बैग एक तरफ रखा, कपड़े उतारे और जया के बगल में जा बैठा। नहीं, आज मैं रुक नहीं सकता था। स्त्री देह के आरपार हुए मुझे एक वर्ष से ऊपर बीत रहा था। उस पर इतनी उद्दाम देह। इतनी सुलभ और यौवन से लबरेज़, इतनी करीब। कोई नपुंसक ही ऐसे क्षण को व्यर्थ बीतने दे सकता था। मैंने अपने तप चुके होंठ जया के अधखुले होठों पर रख दिए। वह नाच-नाच कर चूर थी शायद। थोड़ा-सा कुनमुनाई फिर करवट बदलकर सो गई। मैं उसकी नाइटी के आधे से ज्यादा बदन खोल चुका था। एक वक्ष उछलकर बाहर आ गया था। मैंने उसे अपने होठों के घेरे में ले लिया और अपना एक हाथ उसके नितंबों पर फिराने लगा।

जया सीधी हुई फिर झट से उसकी दोनों पलकें ऊपर उठ गईं। थकान से उसकी आँखें इस कदर बोझिल और नशीली हो गई थीं मानो तीन-चार पैग पीने के बाद के पहले अनुभव से गुज़र रही हो।

"तुम ? सोमू तुम ? यह क्या कर रहे हो ?" वह इतने झटके से उठी कि उसके बालों ने मेरा चेहरा ढक दिया। मैंने अपना चेहरा उसके दोनों वक्षों के बीच छुपा लिया और आहिस्ता से बोला, "इस जया के बिना अब और नहीं, प्लीज़। इस सुख को आकार लेने दो जया।"

"लेकिन !" जया फुसफुसाई। मगर मैंने उसके होंठों को अपने होंठों से ढक दिया। फिर मैं उसकी गर्दन से होता हुआ पिंडलियों तक फिसलता चला गया अपने होंठों के निशान दर्ज करता हुआ। मैंने पाया कि जया मान गई थी और अपनी तरफ से भी प्रयत्नशील हो उठी थी। एक-सवा साल से रुका पड़ा आवेग अपने सारे तटबंध निर्ममता से तोड़ने पर आतुर था··· शायद दोनों तरफ से···क्योंकि मैंने पाया कि मेरे जिस्म पर जया की पकड़ क्रमशः मजबूत पड़ती जा रही थी। उसकी आँखें मुँद गई थीं। कदम-दर-कदम सुख के समुद्र की तरफ बढ़ते हुए मुझे यकीन हो चला था कि वह सचमुच अब तक खुद को बचाए रखने में कामयाब रह पाई है। शायद इसीलिए बहुत तेजी से नहीं बहुत धीरे-धीरे अमीर हो रही है। अचानक उसके मुँह से एक तेज़ सिसकारी निकली और उसके बाद उसने मेरे बदन पर अपनी पकड़ ढीली कर दी। मैं खुद समुद्र के भीतर जाकर लौट आया था और उसके बगल में लेटा गहरी साँसे लेने और छोड़ने लगा था।

"यह अद्भुत था !" मैंने करवट लेकर कहा और अपना सिर उसकी छाती पर रख दिया।

उसने धीरे-से मेरे सिर को उठाया, माथे को चूम वापस तकिए पर कर दिया और उठकर बैठ गई। उसने अपने दोनों घुटनों को आधा ऊपर उठाकर अपना चेहरा घुटनों पर रख लिया और शून्य में देखती हुई बुदबुदाई—अब ?

मैं चुप रहा। कुछ कहने की स्थिति में था भी नहीं। जया ने चेहरा घुमाया और मेरी छाती को चूमती हूई बोली, "पति-पत्नी का यह अनुष्ठान भी संपन्न हुआ। और अब यह बार-बार होगा। इससे पहले कि लोगों की निगाहें मेरे पेट तक जाएँ हमें विवाह कर लेना चाहिए। क्या कहते हो ? वैसे भी मैं लोलुप लोगों के सामने नाचते-नाचते थक चुकी हूँ। मैं क्यों नाचूँ जब तुम हो।" वह गहरी आत्मीयता में थी।

झनाक से मानो पूरी क्रॉकरी ही टूटकर बिखर गई हो कुछ वैसा ही शोर मुझे कमरे में सुनाई पड़ा।

इस आगाज़ का यह अंजाम होने वाला है, मैंने कतई नहीं सोचा था। आरंभ के पहले चरण में प्रवेश करते समय मैंने सिर्फ इतना सोचा था कि हम सिर्फ जिस्म हैं। कोई सीधा जवाब देकर मैं उसे इतनी सघन आत्मीयता के कक्ष से बाहर नहीं धकेलना चाहता था लेकिन मेरे पास यह विकल्प भी शेष नहीं बचा था कि उसे झूठा आश्वासन देकर इतने विराट शहर में चुपके से खो जाऊँ। उसके पास मेरा स्थायी निवास···मेरा दफ्तर था। और खुद को मेरे हवाले करते हुए उसने मुझे चुरा लिया था।

तो क्या इसे बता देने का निर्मम समय आ पहुँचा है ? मैं उठा। अपनी आदत के मुताबिक कंघी से बाल बनाए। पेंट-कमीज़ पहनी और उसके सामने पड़ी कुर्सी पर बैठ गया। "देखो," मैंने बोलना शुरू किया, "इस क्षण के बाद से मैं तुम्हें प्यार तो करने लगा हूँ लेकिन हम शादी नहीं कर सकते ?"

"क्यों भला ?" जया टेढ़ी हो गई।

"क्योंकि मैं एक शादीशुदा आदमी हूँ। मेरे दो बेटे हैं जो बंबई में एक घर होने तक दिल्ली में पड़े हैं।" मैं सँभल-सँभलकर बोला।

"ओ माँऽऽ !" जया चीखी और बिस्तर से उछलकर इतनी जोर से मेरी गोद में आकर बैठी कि कुर्सी गिरते-गिरते बची।

"यानी तुमने मुझे माहीम की खाड़ी समझ लिया था !" वह चिल्लाई और मेरी छाती के बाल नोचने लगी।

"समझने की कोशिश करो।" मैंने उसे समझाने की कोशिश की।

"क्या समझने की कोशिश करूँ ?" वह गुर्राई, "तुम मुझे रंडी बना चुके हो," फिर उसने मुझे छोड़ दिया और बिस्तर पर छाती के बल लेटकर सिसकने लगी। उसने मुँह घुमाया और पूछा, "तुमने कभी बताया क्यों नहीं कि तुम शादीशुदा हो ?"

"ऐसी कोई बात ही नहीं चली," मैं पूरी तरह स्पष्टीकरण की ही मुद्रा में था, "थोड़ी देर पहले जो हुआ उससे पहले यह जानने-समझने की जरूरत भी क्या थी ?"

"नहींऽऽ," जया फिर चीखी, "यह छल है, साफ-साफ छल। और उसके एकमात्र अपराधी तुम हो।" जया फिर रोने लगी। इस बार बाकायदा। रोते-रोते वह बीच-बीच में अपनी मुट्ठियाँ तकिए पर पटकती जाती थी।

सोती हुई जया की तरह इस रोती हुई जया को भी मैं पहली बार देख रहा था। दोनो न रोंगटे खड़े कर दिए थे।

आठ

लतिका रो रही थी। आखिर उसके मंगलसूत्र को बिकना ही पड़ गया था।

"सवाल सोने का नहीं है," उसके सुबकते हुए कहा, "सवाल सुहाग का है।"

मैं जड़ था। पाँच हजार रुपए में खरीदा गया मंगलसूत्र बिकने पर तीन हजार लाया था। मैं मुद्रा के अवमूल्यन को देखकर नहीं चरित्र के अवमूल्यन को देखकर जड़ था।

'चौथी सत्ता' की तर्ज पर दिल्ली से 'संडे मिरर' नाम से एक साप्ताहिक अखबार निकलने जा रहा था। पता चला था कि 'चौथी सत्ता' बंद होने के बाद सड़क पर आ गई वहाँ की क्रांतिकारी टोली के कुछ पत्रकारों ने 'संडे मिरर' ज्वाइन कर लिया था और बाकी नए अखबार निकलने के इंतजार में टहल रहे थे। इन क्रांतिकारियों की टोली रोज शाम आई. एन. एस. बिल्डिंग के बाहर जमा होती थी और अपने लिए नौकरी का जुगाड़ करने के साथ-साथ इस मोर्चे पर भी सन्नद्ध रहती थी कि कैसे मुझे हर जगह से अछूत बनाकर रखा जाए। मेरा जीवन शुरू से पर्दारहित रहा है इसलिए कुछ इस कारण और कुछ साथ काम करने के कारण इस टोली के पास, जो मुझे 'चौथी सत्ता' के दौरान भाईसाहब कहकर बुलाती थी, मेरे बारे में ग्यारह हजार नकरात्मक मुद्दे थे। इनमें से दस हजार नौ सौ नब्बे किस्से उन्होंने अपनी सुविधा के लिए गढ़ लिए थे।

लिखने-पढ़ने वालों की दुनिया होती ही कितनी बड़ी है। जिस भी दफ्तर में मेरे विरुद्ध इनका विष-वमन होता था, वहाँ से दो-चार रोज में छनकर मुझ तक आ जाता था, इसलिए 'संडे मिरर' के दफ्तर में तो मैं नहीं गया। लेकिन चूँकि 'संडे मिरर' का संपादक वह आदमी बना था, जो कभी अपने समय की लोकप्रिय पत्रिका 'इतवार' साप्ताहिक का संपादक रह चुका था और जिसने पुस्तक समीक्षा का मेरा स्थायी स्तंभ "इतवार" में पूरे छह महीने चलाया था, इसलिए मैंने सोचा कि 'चांस' लेना चाहिए और संपादक उज्ज्वल शर्मा को मैंने फोन कर दिया।

"कौन साहब ?" उधर से आवाज आई।

"सोमेंद्र।" मैंने कहा।

फोन के उस तरफ कुछ शोर था। शायद संपादक इस वक्त मीटिंग में थे। उधर से शी ऽ ऽ की आवाज़ आई फिर लपकता हुआ स्वर आया, "हाँ, सोमेंद्रजी, कैसे हैं आप ? बोलिए, कैसे याद किया ?"

"शुक्रिया," मैंने कहा, "आपने पहचान लिया।"

"अरे, क्या बात करते हैं आप ? आपने छह महीने तक कॉलम लिखा है और अच्छा लिखा है। आपकी 'चौथी सत्ता' की मीना हत्याकांड वाली रिपोर्ट भी पढ़ी थी मैंने। कहिए क्या हुक्म है ?"

"हुक्म नहीं निवेदन है। मैं इन दिनों खाली हूँ।" मैंने कहा।

"आप लिखिए हमारे यहाँ। स्वागत है।" उधर से लहकती हुई आवाज़ आई।

"लिखने से कुछ होता जाता नहीं है।" मैंने कहा, "मैं चाहता था आपने साथ काम करने का मौका मिलता।

"वो क्या है सोमेंद्रजी कि हमारा बड़ा अनुशासित अखबार है। लिखना तो चल जाएगा आपका लेकिन संपादन करना नहीं चलेगा··। आपके साथी बता रहे थे कि आप पाँव से संपादन करते हैं··· ।' संपादक ने कहा और पीछे से कई स्त्री-पुरुषों के ठहाके उभर उठे। इसके बाद संपादक ने बड़ी अशिष्टता से फोन काट दिया, शायद पूरी बातचीत के दौरान फोन का स्पीकर ऑन था।

'नीला दुःख और पीला एकांत' वाले कवि की भाषा का इस्तेमाल करूँ तो इतने दिव्य तरीके से मैं पहली बार ज़लील हुआ था और इतने अद्‌भुत तरीके से मेरा पहली बार वध किया गया था। मैं ऊपर से नीचे तक जड़ हो गया था।

काम करते-करते थक जाने पर थोड़ा रिलेक्स होने के लिए मैं अपनी मेज के सामने पड़ी मेहमानों वाली कुर्सी पर मेज के नीचे से पाँव बढ़ा-कर टिका देता था और अधलेटा–सा हो जाता था। यह शायद जुर्म भी नहीं था। इसी को आज जुर्म माना गया था और पाँव से संपादन करना कहकर ज़लील किया गया था।

बेकारी का चौथा महीना शुरू हो गया था। अब घर में बिकने के लिए मंगलसूत्र भी नहीं था।

छोटे भाई राकेश को एक छोटे अखबार से इसलिए निकाल दिया गया क्योंकि वह सोमेंद्र का भाई था। कारण सिर्फ इतना था कि अखबार के संपादक का इंटरव्यू 'चौथी सत्ता' में छापने से मैंने इसलिए मना कर दिया था क्योंकि वह संपादक 'चौथी सत्ता' जैसे अखबार में छपने की हैसियत नहीं रखता था। लेकिन इतनी हैसियत तो उसकी थी ही कि वह मेरे भाई को सड़क पर खड़ा कर दे।

मेरे दो मोर्चे थे। अपने साथ-साथ भाई के लिए भी नौकरी का बंदोबस्त। लेकिन दिक्कत यह थी कि वह 'सोमेंद्र का भाई' नाम से बदनाम हो चुका था। और उससे भी बड़ी दिक्कत यह थी कि वह मेरे ही साथ रहता था। दो भाई, एक बहन, दो बेटे, एक पत्नी और एक माँ का यह मुझ समेत परिवार केवल एक घर के भरोसे माँ की पाँच सौ रुपए की पेंशन पर अपने पाँव टिकाए हुए था।

नौ

बहुत दिन जया के घर में मेरे पाँव टिक नहीं पाए। अपनी देह के अविस्मरणीय अनुभव से साक्षात्कार कराने वाली जया ने मुझको लेकर नख-शिख तक बेरुखी का लबादा पहन लिया था।

यह बंबई में मेरा अठारहवाँ महीना था। जब जया की देह से मेरी देह जुड़ी तब आकाश फ़तह करने का सुख था। लेकिन अब मैं फिर सड़क पर होने को संभावित था। एक महीना जया ने इस उम्मीद में गुजारा कि शायद मैं अपने को और जया को लेकर कुछ सोचूँ। लेकिन जब मेरे हालात पारदर्शी और कठोर एक साथ बने रहे तो जया पेशेवर हो गई। उसका पेशा विस्फोटक हो जाने से जुड़ा था, मेरा दब-ढक कर जीने से।

सो, नौकरी के बावजूद, बंबई के अठारहवें महीने में मेरे पास फिर एक घर नहीं था। जया से नया घर मिलने तक की मोहलत ले आखिर मैं फिर अपने दद्दू कृष्णकांत की शरण में पहुँचा।

विकट आश्चर्य! जया की देह और दिल्ली के दुखों से बड़ा आश्चर्य! कृष्णकांत दद्दू अपनी एक प्रेमिका शैलजा सिंधवी के साथ शादी क्रके घाटकोपर के किसी घर में रहने चला गया था।

दद्दू से मेरी मुलाकात नहीं हुई यह एक तरह से अच्छा ही हुआ। अगर हो जाती तो मैं वापस लॉज के अंधकार में दफन हो जाता और दूसरे विकल्पों की तरफ ध्यान नहीं देता। दद्दू नहीं मिला तो मैंने विमल को फोन कर दिया। विमल शहर का माना हुआ आर्कीटेक्ट था और हाल ही में बांद्रा के अल्मेडा पार्क वाले अपने छोटे फ्लैट को छोड़कर कार्टर रोड के बड़े फ्लैट में शिफ्ट हो गया था। अपने टिपिकल अंदाज़ में बड़े फलैट की कीमत वह मित्रों को कई बार बता चुका था। खासतौर पर जब बैठक शायद सुहेल हाशमी के घर पर जमी हुई हो। सुहेल और विमल बचपन के दोस्त थे। उनमें मादर··· बहन··· कुत्ते··· बेवड़े··· का खुला और बिंदास रिश्ता था। रंग जम जाने के बाद जब सुहेल अपनी तीन किताबें छप जाने और विमल की एक भी किताब न आ पाने पर चुटकी लेते थे तो विमल व्यंग्य से सराबोर ठहाका लगाते हुए कहता था, "चुप बे कुत्ते! तीन किताबों से क्या मिल गया तुझे? और मैं जो बिना किताब के एक करोड़ के फ्लैट में पहुँच गया हूँ, वोऽऽ!"

"देखा?" हाशमी साहब मुझसे मुखातिब हो जाते थे, "साला मूर्ख··· फ्लैट को उपलब्धि मान रहा है···अबे मादर···ये बंबई है यहाँ पर लोग दस करोड़ के फ्लैट में भी रहते हैं···।" देर रात तक चलने वाली इस नोक-झोंक का कोई अंत नहीं होता था और अचानक पाया जाता था कि आखिरी गाड़ियाँ जा चुकी हैं। ऐसे में मित्र लोग विमल के अल्मेडा पार्क वाले दफ्तर में जाकर सो जाते थे। वहाँ एक कमरा बतौर बैडरूम सुरक्षित रहता था और भरा-पूरा-किचन भी कायम था। उस कमरे में कई बार मेरी भी रातें बीती थीं। मुझे यकीन था कि हफ्ता–दस दिन वहाँ रहने में विमल को कोई ऐतराज़ नहीं होगा। मेरे जैसा धैर्यवान श्रोता पाकर उसे प्रसन्नता ही होती। विमल की हर कहानी और हर कविता को मैं ज्यादा नहीं तो पाँच-पाँच, छह-छह बार तो सुन ही चुका था।

समस्या सुनते ही विमल ने अपने बहुपरिचित अंदाज में कहा था—"आ जाओ, बैठकर सोचते हैं। शिवकुमारजी को भी बुला लेते हैं। वे इन मामलों के ज्यादा जानकार हैं।"

मैंने फोन रख दिया और सीधे अपने संपादक के घर चला गया। मुझे देखते ही अपने विशेष अंदाज़ में बोले, "जी ऽ ऽ!"

"साब मेरा घर छिन गया है।" मैंने बिना भूमिका के बता दिया।

"मामूली बात है," रोहित मुस्कराए, "बंबई में घर होते ही नहीं हैं। आपका छिना इसका मतलब आपके पास घर था।" वे बोले और हम दोनों हँसने लगे। हँसी थमने पर उन्होंने संजीदगी से पूछा, "कहिए क्या करना है।"

"मैं असल में अब लतिका को ले आना चाहता हूँ।" मैंने कहा।

"जरूर ले आइए। बल्कि अब तक ले आना था।" वे फिर अपने अंदाज़ पर लौट गए थे।

"इसीलिए आज मैं घर के लिए चंदा माँगने निकला हूँ। बहुत हो गया लॉज का जीवन और बड़ा पाव।" मैं मतलब पर आ गया, "शुरुआत आपसे कर रहा हूँ।"

वे उठे। भीतर गए। बाहर आए और बोले, "यह मेरा शेयर।"

मैंने गिने, दो हज़ार रुपए थे। पैसे बैग में रखकर मैंने उन्हें बताया कि आज मैं दफ्तर नहीं आऊँगा क्योंकि यहाँ से सीधे विमल के दफ्तर जा रहा हूँ।

तब तक भाभीजी चाय ले आई थीं, नाश्ता भी। दिन की शुरुआत अच्छी हो रही थी।

"मान्यवर," रोहित बोले, "आपकी पत्रिका रंग जमाने लगी है। इस बार दीवाली पर बंबई के लेखकों को लेकर कुछ जोरदार हो जाए।"

"अस्सी पेज देंगे?" मैंने पूछा।

"दिए।" मोहित मुस्कराए।

"शुक्रिया!" मैं प्रसन्न हो गया। मैंने आकाश की भाषा में सोचा···अब तो अपन खैंच मचा देंगे। दीवाली को चार महीने बाकी थे। पहली बार 'इंद्रधनुष' का साहित्य विशेषांक निकालने का मौका मिला है। इस बार तो कुछ कर गुज़रना है। मैंने सोचा और मुदित मन से विदा ली।

विमल के दफ्तर में शिवकुमार जी मुझसे पहले आकर बैठे हुए थे। शिवजी छायावादी जमाने के बुजुर्ग गीतकार थे और प्रॉपर्टी का धंधा करते थे, इसीलिए विमल ने उन्हें बुलाया था।

"आओ···आओ गुरु आओ···" शिवजी चहककर बोले, "तुम्हारे मकान का साला झंझट ही खत्म कर देते हैं। मैंने बात कर ली है। अब जब बंबई आ ही गए हो और जीवन-भर का मन बनाकर आए हो तो हर बार ग्यारह महीने का लफड़ा काहे के लिए। चलो।"

हम तीनों बाहर आ गए। मैं अभी तक अँधेरे में था। पता नहीं क्या करने जा रहे हैं ये लोग। मेरे बैग में कुल दो हजार रुपए थे। राहत की बात यह थी कि चैक बुक साथ थी जिससे मैं बैंक में पड़े छह हजार तो निकाल ही सकता था। यानी अपना कुल धन आठ हजार था। मैंने सोचा बता दूँ फिर सोचा हटाओ···पहले देख लेते हैं कि क्या होने जा रहा है।

बंबई के साहित्यिक समाज में मशहूर विमल की एम. एच. -39 लाल मारुति में बैठकर हम कांदिवली की तरफ बढ़ रहे थे।

"ये बंबई है," विमल शुरू हो गया, "यहाँ कुछ भी हो सकता है। च्वॉइस इज़ योर्स। मेरे को ही देख लो···।"

मैं समझ गया कि अब महाकाली की गुफा वाला किस्सा फिर से सुनना पड़ेगा।

"जावेद को देख लो आज कहाँ है।" विमल विधिवत् शुरू हो गया, "मैं, जावेद और

पुष्कर तीनों के पास बंबई में घर नहीं था। हम तीनों महाकाली की गुफाओं में रहते थे। समझे आप···," कमल हँसा, "गुफाओं में। एक दिन तंग आकर जावेद गुफा से निकला और बांद्रा चला आया। दो-चार रोज बाद मैंने भी गुफा छोड़ दी। अब देखो जावेद कहाँ है और मैं कहाँ हूँ। मैंने बोला न च्वॉइस इज़ योर्स। भाईसाहब···हमारे पीछे जो पुष्कर गुफा में छूट गया था वह चरस पी-पीकर गुफा में ही मर गया। समझे आप, वो साला गुफा से बाहर ही वहीं निकल सका, वहीं मर गया।"

यह विमल और जावेद अख्तर के बंबई में किए संघर्ष की प्रतीक कथा थी जिसे विमल कई बार सुना चुका था और जावेद भी अपने इंटरव्यू में बता चुके थे। लेकिन हर स्ट्रगलर के सामने विमल इस कथा का पाठ गीता की तरह करता था।

"और मैंने इसके ऊपर बहुत अद्‌भुत कहानी लिख दी है, वो ?" विमल ने नया ज्ञान दिया, "टाइटिल देखिए···अपनी-अपनी महाकाली। इसे अपनी नगर पत्रिका में छापिए आप··फिर देखिए कितने खत आते हैं।" विमल मगन था।

गाड़ी मीरा रोड के एक बिल्डर के दफ्तर के समाने आकर रुक गई थी। बिल्डर के एजेंट सावंत ने शिवजी का तपाक से स्वागत किया।

"इंद्रधनुष पढ़ते हो ?" शिवजी ने सावंत से पूछा।

"हाँ साब। पूरा दफ्तर ही पढ़ता है। इतवार को दफ्तर खुलता है न तो सबके लिए यहीं मँगा लेते हैं।" सावंत प्रसन्न था।

"ये संपादक हैं उसके।" शिवजी ने मेरा परिचय कराया, एक तो इनका घर बुक करो और दूसरा जब तक इन्हें पजेशन न मिल जाए तब तक के लिए मकान भाड़े पर दिलवाओ। गुरु ग्यारह महीने बाद खाली करने का चक्कर नहीं चाहिए।"

मैंने सूखते जा रहे होठों पर जुबान और बैग के ऊपर हाथ फिराया।

सावंत कोई रजिस्टर देखने लगा था। हम तीनों बैठ गए थे।

"मीरा पार्क में एक फ्लैट है मेरे पास बन बेड रूम हॉल।" सावंत ने सिर उठाया, "एग्रीमेंट तो ग्यारह महीने का ही बनेगा लेकिन यह मेरी गारंटी है कि जब तक इन्हें अपने फ्लैट का पजेशन नहीं मिल जाता, ये उसी में रहें।" सावंत बोला।

मेरा ब्लडप्रेशर बढ़ने लगा था।

"भाड़ा ?" शिवजी ने पूछा।

"ग्यारह महीने का ग्यारह हजार लेकिन आप खुद चलकर आए हैं तो नौ हजार नौ सौ दे दीजिए। पर हर साल दो सौ रुपए बढ़ेंगे। हाँ, दो महीने की दलाली के अठारह सौ रुपये मैं आपकी खातिर छोड़ रहा हूँ।" सावंत इतना विनीत था कि मैं अचरज में आ गया।

"ठीक है। फ्लैट की चाबी अभी दे दो। एग्रीमेंट बाद में बनवाते रहना।" शिवजी ने इत्मीनान से कहा, "अब जल्दी बन जाने वाला इनका फ्लैट बुक करो।"

'नहीं, यह सच नहीं है। जरूर यह कोई स्वप्न है।' मैंने सोचा, बल्कि स्वप्न नहीं यह तो स्वप्न के भीतर चल रहा कोई स्वप्न है।'

सावंत ने मीरा रोड के किसी निर्माणाधीन इलाके का कोई नक्शा दिखाया। मैं तब तक अर्धचेतन स्थिति में जा चुका था।

"क्या गुरु, सो गए ?" शिवजी मुझे हिला रहे थे।

मैं वापस संसार में आया। देखा शिवजी ने जेब से पाँच हजार रुपए की एक गड्डी निकाल कर सावंत को थमाई है। यह मेरे अपने फ्लैट की बुकिंग राशि थी। मीरा रोड के किसी गीता नगर इलाके में ई-104 नंबर का फ्लैट मेरे नाम पर बुक हो चुका था। रसीद मेरे हाथ में थी।

सावंत ने मीरा पार्क के एक फलैट की चाबी मुझे दी और बोला, "इसमें रहिए आप।" फिर उसने शिवजी की तरफ देखा। शिवजी ने विमल से कहा, "ला निकाल, तेरे पास क्या है ?"

"अरे, पहले बताना चाहिए था न।" विमल हड़बड़ा गया। सिगरेट को होठों में दबा उसने पर्स निकाला और सौ-सौ के नोट गिनकर बोला, "अभी तो मेरे पास बस चार हजार ही हैं।" उसने चार हजार सावंत के सामने रख दिए।

अब हड़बड़ाने की मेरी बारी थी। मैंने तत्काल बैग से रोहितजी से मिले दो हज़ार मेज पर रख दिए और चेक बुक निकाल ली।

"छह हजार।" शिवजी ने सावंत से पूछा, "बाकी कितने ?"

सावंत ने केलकुलेटर पर कुछ गुणा-भाग किया और बोला, "तीन हजार नौ सौ।"

शिवजी ने मेरी तरफ देखा, "चेक काट दो गुरु।"

मैंने देखा कि मेरे हाथ काँप रहे थे। दो चेक केंसिल करने पड़े।

"क्या बात है ?" सावंत ने पूछा।

"कुछ नहीं, लो ब्लडप्रेशर है।" मैंने जवाब दिया और पूरी ताकत बटोरकर सही दस्तखत कर दिए। फिर चेक सांवत को देते हुए बोला, "एमाउंट और नाम आप खुद भर लें।"

फिर हम घर देखने के लिए निकले। गाड़ी में बैठते हुए मैंने लगभग हकलाते हुए पूछा, "शिवजी… ।"

"गुरु परेशान मत हो. मेरे पैसे पाँच सौ महीने के हिसाब से लौटा देना। विमल की विमल जाने।" शिवजी हँसने लगे।

"जब हों तब दे देना डियर।" विमल आत्मीयता से बोला, "बड़ी बात यह है कि अब बंबई में तुम्हारा एक घर हो गया। हम सब ऐसे ही ऊपर आए हैं। सबकी किसी-न-किसी ने मदद की है। पैसे का क्या है आज है कल नहीं है। बड़ी बात है कि आपने जीवन में रिश्ते कितने कमाए हैं। अब मैं तुम्हें सनत की ही बात बताता हूँ।" विमल शुरू हो रहा था।

घर? कार की पिछली सीट पर पसरा हुआ मैं बौरा रहा था। बंबई में घर? अगर यह इतना आसान था तो अब तक क्यों नहीं हुआ था ?

"समझे भाईसाहब।" विमल ने सीट पर रखा मेरा हाथ दबाकर कहा, "इसीलिए किसी ने सच कहा है कि वक्त से पहले, भाग्य से ज्यादा कभी नहीं मिलता। तो ऐसा है यह शहर।" विमल ने कहा और सिगरेट जलाने लगा। लगता है उसके किसी किस्से का उपसंहार हुआ था।

"सावंत इतना विनम्र क्यों था शिवजी ?" मैंने अपनी उत्सुकता प्रकट कर ही दी।

"होता है गुरु।" शिवजी मुस्कराए, "सब कहीं-न-कहीं फँसे होते हैं। सबको कोई-न-कोई उबारता है। मेरे दफ्तर में क्लर्क था वह। इसे यहाँ मैनेजर बनवा दिया हमने।"

"बिल्डर भी आपको जानता है ?" मैंने पूछा।

"जानेगा नहीं ?" शिवजी रोब में आ गए, "पता नहीं कितने करोड़ का बिजनेस दे दिया होगा इसे।"

विमल एक करोड़ के फ्लैट में रहता था। शिवजी डेढ़ करोड़ के फ्लैट में रहते थे। मुझे गश आने लगा था।

फ्लैट ? फ्लैट देखकर मेरी आँखें गीली हो गईं। अपना अब तक का जीवन मैंने लॉज और बैठी चाल में काटा था। यह फ्लैट आज से ही मेरा हो गया था। यानी लतिका का दिल्ली वनवास खत्म, मैंने सोचा और पूरा फ्लैट घूम-घूमकर देखने लगा। दो कमरे, दोनों के बाहर बालकनी। कमरे जितना ही किचन। लैटरीन, बाथरूम और एक छोटा-सा स्टोर रूम। अरे वाह ! दिल झूम-झूम करने लगा था। बाहर निकलकर फ्लैट में अपने हाथ से ताला लगाते हुए मैं सिकंदर हो गया था।

वापसी में गाड़ी विमल के यहाँ न जाकर शिवजी को छोड़ते हुए सुहेल हाशमी के घर चली गई।

दरवाज़ा खुलते ही विमल एक नाटकीय मुद्रा में खड़ा होकर हाशमीजी से बोला, "और जो इसका फ्लैट बुक करवा के आ रहे हैं, वो ?"

"फाड़ दो।" हाशमी साहब बोले और उन्होंने विमल से पूछा, "सेलीब्रेट करने के लिए दारू लाया हा कि नहीं ?"

"मैं क्यों लाता ?" विमल ने कहा, "यह क्या मेरा घर है ?"

"साला निर्धन !" हाशमी साहब बोले और अल्मारी से गिलास और बोतल निकालने लगे। बंबई में घर हो जाने का जश्न मनाया जा रहा था।

दस

दिल्ली के जश्नों से देश निकाला मिल चुका था। तनहाई के दायरे बड़े होते जा रहे थे। शामें कनॉट प्लेस में अपने एक कवि दोस्त सतीश मोहन की जेरोक्स की दूकान पर बीत रही थीं। अचानक पाया कि बेरोजगार पत्रकारों का दल मेरे इर्द-गिर्द मँडराने लगा है। मालूम हुआ कि बहुत जल्द 'शताब्दी मेल' नाम से एक साप्ताहिक अखबार निकलने जा रहा है, जिसका प्रधान संपादक चंदनजी को बनाया गया है। लोग वहाँ नौकरी के लिए मुझसे सिफारिश चाहते थे।

चंदनजी 'तापमान' में मेरे संपादक थे। सिर्फ संपादक ही नहीं थे बल्कि हिंदी प्रकाशकों के यहाँ नौकरी करने की यातना से बाहर निकालकर पत्रकारिता में मेरा प्रवेश 'तापमान' में नौकरी देकर उन्होंने ही कराया था। इन दिनों वह "न्यू इंडिया टाइम्स" में थे।

मैं 'न्यू इंडिया टाइम्स' गया।

"बधाई।" मैंने कहा, "क्या मैं भी उम्मीद रखूँ ?" मैंने सीधे ही पूछ लिया था।

"कम-से-कम तुमको तो यह नहीं पूछना चाहिए।" उन्होंने कहा।

मुझे लगा। शायद मेरे ऊपर आ पड़ा संकट जाने वाला है।

अगले सात दिन गहमागहमी वाले और विस्मय की तेज आँधियों वाले थे। 'तापमान' के सहायक संपादक 'मेल' में संपादक हो गए। दिलदारपुर से पहले जिस घर में मैं किराए पर रहता था उसके मकान मालिक और 'तापमान' के मुख्य उपसंपादक रामेश्वर दयाल 'मेल' में वरिष्ठ सहायक संपादक बनकर चले गए। 'न्यू इंडिया टाइम्स' की साहित्यिक पत्रिका 'कोकिला' के वरिष्ठ उप-संपादक गगनेश बतरा 'मेल' में सहायक संपादक हो गए। 'चौथी सत्ता' के एक रिपोर्टर ने बतौर चीफ रिपोर्टर वहाँ नौकरी ले ली। 'चौथी सत्ता' के ही दो उप संपादकों ने 'मेल' में जाकर कहा, 'सोमेंद्रजी ने रिकमेंड किया है।" उन्हें तत्काल नौकरी मिल गई। मैं सतीश मोहन की दुकान पर ही खड़ा रह गया। सबसे बड़ा झटका उस वक्त लगा जब चंदन जी को सार्वजनिक रूप से गालियाँ देने वाला 'नीले दुख और पीले एकांत' का कवि 'मेल' में साहित्य संपादक हो गया। नियुक्तियों के छठे दिन मेरे पड़ोसी और मित्र धर्मेश ने शाम को आकर बताया कि उसे मेल से ऑफर मिला था लेकिन वह नहीं जा रहा है।

"मैंने कहा उनसे," धर्मेश ने सिगरेट का कश लेते हुए बताया, 'आप सोमेंद्र को लीजिए। उसे ज़रूरत है और उसकी काबलियत से आप बखूबी परिचित भी हैं।"

"तुमने बताया उन्हें कि मैं तुम्हारा पड़ोसी हूँ।" मैंने पूछा।

"उनको सब मालूम है।" धर्मेश मुस्कराया और चला गया।

"ऐसा क्यों हो रहा है तुम्हारे साथ?" लतिका ने पहली बार नौकरी को लेकर कोई सवाल पूछा।

"क्या मालूम?" मैं खुद चकराया हुआ था।

'तापमान' में सबसे विश्वसनीय आदमी था मैं उनका। दिलदारपुर का अपना घर बनवाते समय मुझे उन्होंने दस हजार रुपए उधार दिए थे। उनकी डी ई एच 7 गाड़ी जिसमें हमेशा 'देह सात' कहता था, में मैं इतनी बार बैठा था कि 'तापमान' के कई लोगों को इसी बात पर कुढ़न होती रहती थी। कार में बैठने का एटीकेट मैंने उन्हीं से सीखा था। जब पहली बार उनके साथ एक फंक्शन में जा रहा था तो मैं कार में पीछे बैठने लगा। चंदनजी ने बताया कि जब गाड़ी उसका मालिक ड्राइव कर रहा हो तब गाड़ी में आगे बैठना चाहिए। यह बात मुझे आज तक याद है। उनकी एक किताब का फ्लैप मैटर मेरा लिखा हुआ था। मेरा एक कहानी संग्रह उन्हें समर्पित था। लतिका सार्वजनिक जगहों पर भी उनके पाँव छूती थी। वे उसे बहू मानते थे और मुझे बेटा। दिल्ली के कितने ही ढाबों में कार रोककर उन्होंने मुझे चाय पिलाई थी। अगर वे यह बोलकर जाते थे कि मेरे आने तक रुकना तो मैं 'तापमान' दफ्तर से रात के बारह बज जाने के बावजूद हिलता नहीं था। प्रोबेशन पर चल रहे एक उप-संपादक के यह कहने पर कि सोमेंद्र चंदनजी का एक नंबर का चमचा है, उन्होंने उस उप-संपादक की हालत खराब कर दी थी। मैं उनके बाद उनके पास मौजूद तमाम खतो-किताबत का वारिस था। शहर के बेकार पत्रकार सतीश मोहन की दूकान पर 'मेल' में नौकरी चाहने के लिए मेरे पास अब भी आ रहे थे। नौकरी मिल जाने के बाद वे धन्यवाद भी देने आते थे।

"तुम चले जाओ।" सातवें रोज़ सतीश मोहन ने कहा। मैं ही नहीं मुझे और उन्हें जानने वाला हर शख्स इस कांड से भारी सन्नाटे में था।

"क्यों ?" न चाहते हुए भी मेरा गला भर्रा गया था, "उनके पास यह सूचना भी है कि लतिका का मंगलसूत्र बिक गया है।"

आठवें रोज घर से निकल रहा था कि लतिका ने पूछ लिया, "तुम्हारा ईगो आड़े आ रहा हो तो मैं चली जाऊँ उनके पास ?"

तुम भी···मेरी आँखें फट गईं। यू टू ब्रूटस···मैंने सोचा और धड़ाम से कमरे के दरवाज़े पर जा गिरा, शायद लो ब्लड प्रेशर का अटैक आया था।

दो दिन बाद धर्मेश देखने आया तो माथे पर हाथ फिराकर बोला, "जल्दी से अच्छे हो जाओ। 'उत्थान' वाले दिल्ली से डेली पेपर निकाल रहे हैं और प्रधान संपादक भाई साहब हो गए हैं।

"अरे वाह !" बहुत दिनों बाद मेरे सूखे चेहरे पर कुछ कांति लौटी। फोन करने घर से बहुत दूर सड़क पर जाना होता था। दो-तीन बार गया पर भाई साहब मिलें नहीं।

एक सुबह छोटे भाई ने बताया "धर्मेशजी के घर आपके दोस्त सुरेंद्र प्रकाश आए हुए हैं। वे 'उत्थान' में सहायक संपादक बन गए हैं। उसी की पार्टी थी रात को।"

"अरे ?" मेरे बीमार दिल पर धक्का लगा, "सुरेंद्र प्रकाश मुझसे मिलने नहीं आया ?"

लेकिन यह विस्मयों पर दुखी होने का समय नहीं था। मैं खुद धर्मेश के घर गया। सुरेंद्र प्रकाश वहाँ नहीं था।

"मिला नहीं ?" धर्मेश भी चकित था, "मैंने तो बोला था उससे कि सोमेंद्र को देखते जाना।"

बहुत बाद में देहरादून से आए अपने बड़े भाई जैसे कहानीकार और भाईसाहब के खासमखास सुहास पंत से एक सेमिनार में पूछा, "क्या आप इतनी कृपा करेंगे कि 'उत्थान' में मैं क्यों नहीं हूँ, यह पूछ कर बताएँ।"

सुहास पंत ने दो टूक जवाब दिया, "तुम्हारे जिस खास दोस्त को भाईसाहब ने यह मैसेज देकर तुम्हारे घर भेजा था कि सोमेंद्र से बोलो, तुरंत ज्वाइन करे, उसने दिलदारपुर से लौटकर विशेष रिपोर्ट दी थी, "वह क्या नौकरी करेगा, वह तो सारे दिन शराब पीकर पड़ा रहता है।"

दिल्ली मैं तुम्हें याद रखूँगा। मैंने पहली बार नफरत में भरकर सोचा था।

बीमारी की खबर सुनकर रामेश्वरदयाल जी आए हुए थे। मेल के सीनियर असिस्टेंट एडीटर। मेरा उनके साथ बड़ा गहरा पारिवारिक रिश्ता था। जिस दिन मेरा दूसरा बेटा पैदा हुआ, वह 'तापमान' में मेरी नौकरी का पहला दिन था। सारे सीनियर लोग अपने-अपने प्रूफ मुझे थमाकर चले गए थे। नौकरी का पहला दिन और रामेश्वरदयाल जी से सिर्फ इतना परिचय कि वह मेरे चीफ थे, मैंने उन्हें अपनी समस्या बताई तो फौरन तमाम प्रूफ उन्होंने अपनी मेज पर मँगवा लिये और बोले, "अरे जल्दी जाओ वरना मिलने का समय खत्म हो जाएगा।" लतिका मेडिकल इंस्टीट्यूट में दाखिल थी। इस एक घटना ने ही मुझे उनके करीब ला दिया था। कालांतर में हम पारिवारिक मित्र हो गए। दिलदारपुर के घर में खर्च हुई एक बड़ी रकम उनकी पत्नी के सुझाए रास्तों से ही आई थी। वे कहती ही नहीं थीं, बीसी डलवा देती थीं। बीसी एक तरह की मासिक बचत थी जिसमें एकमुश्त बीस हजार, तीस हजार, चालीस हजार मिल जाते थे। फिर वह आसान किश्तों में जमा करते रहते थे। रामेश्वरदयाल जी को भी इस बात का बहुत रंज था कि मैं 'मेल' में क्यों नहीं हूँ।

"यार तुम बड़े अहमक आदमी हो।" रामेश्वरजी झगड़ने लगे थे, "तुम एक बार मिल क्यों नहीं लेते उनसे ?"

"क्यों ?" मैंने कराहते हुए पूछा था, "क्या वे आपके जरिए, धर्मेश के जरिए, गगनेश के जरिए मुझे बुलवा नहीं सकते थे ? मेरी सिफारिश पर 'चौथी सत्ता' के चार लड़कों को नौकरी पर रखा है उन्होंने। क्या वे उनको मैसेज नहीं दे सकते थे कि सोमेंद्र को भेजो। मैं जाऊँ और वे मिलने से मना कर दें तब क्या होगा ? तब तो मुझे मरना ही पड़ जाएगा।" मैं तैश में आ गया था। हालाँकि डॉक्टर ने एकदम चुप रहने को कहा था, "आखिर मुझे पता चलना चाहिए कि मेरे साथ ऐसा क्यों किया जा रहा है ?" मैं हाँफने लगा था।

"वो तुमसे नाराज़ हैं।" रामेश्वरजी बोले।

"किस खुशी में ?" मैं चिढ़कर बोला था।

"वही 'चौथी सत्ता' में उनके खिलाफ छपी खबर से।" रामेश्वरजी ने मानो अपनी तरफ से कोई रहस्योद्घाटन किया था। मेरे लिए वह पुरानी सूचना थी।

"आप ज़रा यह बताइए।" मैंने अधलेटा होते हुए पूछा था, "आप भी पत्रकार हैं, वे पत्रकारिता में हमारे बाप हैं। क्या 'चौथी सत्ता' का मैं संपादक था ? फिर जिसने वह खबर लिखी थी, अंचल, वह तो रोज दोपहर उन्हीं के साथ चाय पीता था। उससे क्यों नाराज़ नहीं हैं वो। इसलिए कि मैं सड़क पर हूँ और वह रेलमंत्री का पर्सनल सेक्रेटरी है। मुझे तो पता भी नहीं था कि उनके खिलाफ ऐसी कोई खबर जा रही है। छपने के बाद जैसे उन्होंने देखा, वैसे ही मैंने भी देखा था। फिर उस खबर के कारण अगर वे 'चौथी सत्ता' को ही दंड देना चाहते थे तो वहाँ के चार लोगों को क्यों रख लिया उन्होंने ? जहाँ तक मिलने का सवाल है तो मैं उनसे 'न्यू इंडिया टाइम्स' में जाकर ही नौकरी माँग आया था। मुझसे कहा भी था उन्होंने कि "कम-से-कम तुम्हें तो यह नहीं पूछना चाहिए।' मेरे तर्क खत्म होने में ही नहीं आ रहे थे।

"शायद तुम्हारे 'चौथी सत्ता' वालों ने ही उन्हें यह बताया है कि जब खबर लिखी और चिपकाई जा रही थी तब तुम वहाँ मौजूद थे।" रामेश्वरजी ने दूसरा रहस्योद्घाटन किया।

"अव्वल तो यह झूठ है।" मैं लगातार हाँफ रहा था, "खबर के पन्नों का मुझसे कुछ लेना-देना ही नहीं था। दूसरा यह कि मैं 'चौथी सत्ता' में रात आठ बजे रोजाना उसके सहायक संपादक रामगोपाल के साथ शाहदरा बॉर्डर चला जाता था। यह बात सब जानते हैं।"

"इसीलिए कहता हूँ कि गलतफहमी दूर कर लो।"

"छोड़िए रामेश्वरजी, जो इत्ती-सी बात पर बिगड़ गया वो रिश्ता ही नहीं रहा होगा। मैं इसी घर के भीतर मर जाऊँगा लेकिन बिना बुलाए नहीं जाऊँगा।" मैंने अपना निर्णय सुनाया और आँखें बंद कर लीं।

"यह तो वह वाली बात हो गई," रामेश्वरजी मुस्कराते हुए बोले, "उनसे आया न गया, हमसे बुलाया न गया।"

"अगर ऐसा है तो यही सही।" मेरा शरीर थक चुका था।

"दैन सी यू। कोई काम हो तो बोलना।"

"कुछ पैसे हों तो देते जाइए।" मैंने आँख बंद किए-किए ही कहा, "घर में दवाई लायक भी पैसे नहीं हैं।"

रामेश्वरजी ने तकिए के पास दो सौ रुपए रखे और चले गए।

"हे ईश्वर, तू कहाँ है ?" मेरे जैसे नास्तिक के मुँह से निकला था।

"चिंता क्यों करता है टैंटुल। मैं हूँ न ?" इस बातचीत के एक हफ्ते बाद वाली शाम में मेरे कंधे दबाता हुआ सतीश मोहन की दूकान पर ईश्वर मुझे दिलासा दे रहा था। यह वह ईश्वर नहीं था जिसे मैंने पुकारा था। यह ईश्वर दत्त था। मेरा दोस्त। दिल्ली दूरदर्शन में प्रोग्राम एक्ज़ीक्यूटिव। सांस्कृतिक मामलों का प्रभारी। दिल्ली वालों की नज़रों में एक नंबर का दारूबाज। लेकिन चारों के बीच चारों का यार। हर गलत के खिलाफ अपना हाथ विरोध में ताने हुए। प्रखर कवि। शुद्ध वामपंथी। वह कहीं सत्ता के दलालों से लड़ता हुआ। हर किसी की बेईमानी को उसके मुँह पर उघाड़ता हुआ। ऑटो ड्राइवर से लेकर पुलिस के सिपाही और साहित्यकार से लेकर कलाकार तक की बदमाशियों से लोहा लेता हुआ, रातों का राजा।

"पापा इतनी रात में क्यों आते हैं, जब हम सो जाते हैं।" उसकी बेटी के इस शाश्वत सवाल का उसकी प्रसिद्ध नृत्यांगना पत्नी यह शाश्वत जवाब देती थी, "बेटे, तेरा बाप रात-भर जाग कर यह देखा करता है कि शहर में सब ठीक-ठाक तो है न ! जब सुबह हो जाती है तब वह चीखता है, हाय मेरा प्रीत विहार, हाय मेरा प्रीत विहार'।"

ईश्वर दत्त प्रीत बिहार में रहता था और मुझे मेरे छोटे बेटे के घरेलू नाम 'टैंटुल' से बुलाता था। वह अपनी पत्नी के आर्थराइटिस का प्राकृतिक इलाज कराने केरल गया हुआ था और पूरे पाँच महीने बाद दिल्ली लौटा था। मेरी दुर्दशा की खबर लगते ही वह सतीश मोहन की दूकान पर झूमता-झामता आया था और मेरे कंधे नोचता हुआ बोला था—"मैं हूँ न !"

'चौथी सत्ता' में मेरे जन्मदिन के उपलक्ष्य में दी गई संपादक के घर वाली पार्टी में वह पीकर मुखर हो गया था और संपादक के घर के ही सामने पेशाब करके इंदिरा गांधी के आपातकाल को गलियाँ देता हुआ ऑटो में बैठकर अकेला ही कहीं चला गया था। आपातकाल में उसे बहुत सताया गया था इसलिए आपातकाल उसके दिमाग से जाता नहीं था। उसके पहले कविता-संग्रह का नाम था 'काल काल आपात।'

जब वह आया तब तक सात बज चुके थे। दिल्ली में सात बजे शराब की दूकानें बंद हो जाती हैं। वह थोड़ी-सी पीकर आया था और थोड़ी-सी और पीना चाहता था। "कहीं से ला, कहीं भी चल" उसका तकिया कलाम था और वह सतीश मोहन से बार-बार यही कह रहा था—"कहीं से ला कहीं भी चल।"

आखिर कनॉट प्लेस के बरामदों में भटककर सतीश मोहन कहीं से लाया था और एक जमाने के बाद मेरी भी हलक में मेरा प्रिय तरल पहुँचा था।

ईश्वर दत्त आ गया था।

ईश्वर दत्त के आने के अगले रोज़ शाम चार बजे मेरे जीवन का सबसे कीमती चमत्कार घटित हो गया।

मैं 'जनशक्ति' के हृदयेशजी को एक लेख देकर बाहर निकल रहा था कि आदतन मैंने 'रिपोर्टर्स रूम' में झाँक लिया। अरे गजब ! मेरे मुँह से निकला, कभी हाथ न आने वाला अक्षत कुमार अपनी सीट पर बैठा गोल्ड फ्लेक किंग साइज़ सिगरेट को जलाने जा रहा था। मैं सीधा

उसके सामने पहुँच गया। अक्षत अचकचाकर कुर्सी से खड़ा हो गया और बोला, "आइए भाई साहब ! सिगरेट लीजिए। बहुत दुबले हो गए हैं।"

"लोग चेहरा भूल गए हैं अक्षत।" शायद मेरी आवाज़ में जमाने भर का सच्चा दर्द उतर आया था, "तुम सिगरेट ऑफर कर रहे हो ?" मैंने पूछा।

"मुझे पता है आपके बारे में।" अक्षत बोला, "लेकिन इसके बाद एक भी शब्द आप बोले तो मैं रोने लग जाऊँगा। आप बैठिए। ये सिगरेट पीजिए। मैं वादा करता हूँ कि यह सिगरेट खत्म होने तक मैं लौट आऊँगा।" उसने मुझे सिगरेट-माचिस दी और कहीं गायब हो गया।

सचमुच। मेरी सिगरेट आधी ही खत्म हुई थी कि वह लौट आया। अपने हड़बड़ी वाले स्टाइल में आते ही वह बोला, "उठिए। सिगरेट फेंकिए., चलिए।"

"कहाँ ?" मैं चकित था।

"प्रभातजी आपको बुला रहे हैं।" अक्षत ने बताया।

"देखो, अब मैं रोने लगूँगा।" मेरी आवाज सचमुच रुआँसी हो गई थी, "यह मजाक तो नहीं है न, मैं बर्दाश्त नहीं कर पाऊँगा।" मैं उसकी मजाक करने की आदतों से परिचित था इसलिए डरा हुआ था।

"क्या भाईसाहब, आप भी कमाल करते हैं। आदमी का दिल कटने जा रहा हो तब क्या मजाक किया जाता है। चलिए।" अक्षत आगे-आगे और मैं बदहवास-सा पीछे-पीछे था। कई गलियारे पार करता हुआ आखिर वह प्रभातजी के केबिन में मेरा हाथ पकड़कर घुसा और मैं वास्तव में प्रभातजी के सामने था। मेरा गला सूख गया था और हथेलियाँ भीग गई थीं। प्रभातजी अखबार पढ़ रहे थे।

"बैठिए।" प्रभातजी ने कहा।

मैं तत्काल बैठ गया।

" 'चौथी सत्ता' में क्या करते थे आप ?" प्रभातजी अखबार के पीछे से पूछ रहे थे।

"सोमेंद्रजी वहाँ चीफ सब-एडीटर थे। उससे पहले 'तापमान' में थे।" जवाब अक्षत ने दिया।

मैंने अपने सूखे होठों पर जीभ फिराई। प्रभातजी ने अखबार नीचे कर अक्षत को देखा फिर बोले, "बायोडाटा लाए हैं ?" मैं जेब से मुड़ा-तुड़ा बायोडाटा निकालने लगा। वह हाथ से लिखा हुआ था, किसी ने माँगा ही नहीं था सो टाइप होने से बचा रह गया था। मैं उसे ठीक-ठाक करके प्रभातजी को देने ही वाला था कि अक्षत ने उसे छीन लिया, "मैं दो मिनट में टाइप कराके लाया।" अक्षत बाहर निकल गया। अक्षत के जाते ही मैं नर्वस हो गया। प्रभातजी कुछ पूछते उससे पहले ही अक्षत लौट आया।

" 'चौथी सत्ता' क्यों छोड़ दिया आपने ?" प्रभातजी पूछ रहे थे।

"जी, वहाँ हड़ताल हो गई थी···एक प्रोफेशनल पत्रकार होने के नाते मैंने इस्तीफा देना ज्यादा उचित समझा।" मैंने अटक-अटककर कहा।

अक्षत बाहर गया और टाइप किया बायोडाटा उसने प्रभातजी के सामने राख दिया। प्रभातजी अखबार एक तरफ रख बायोडाटा देखने लगे।

"एवार्ड क्या करने के लिए मिला आपको ?"

"जी, ये लेखक हैं।" जवाब फिर अक्षत ने दिया," बहुत अच्छी कहानियाँ लिखते हैं।" प्रभातजी ने फिर अक्षत को देखा और बोले," अपने हृदयेशजी की तरह।"

"जी, मैं कहानीकार हूँ।" इस बार जवाब मैंने दिया।

"न्यूज का काम जानते हैं?" प्रभातजी ने पूछा।

"जी नहीं।" मैंने जवाब दिया। मैं समझ गया कि मैं गया।

"चंडीगढ़ जाएँगे?" वह पूछ रहे थे।

"जी।" एक कली खिलने को हुई।

"जाइए।" प्रभातजी बोले। शायद कहीं अनार छूटने लगे थे। अक्षत फुसफुसाया, ""पूछिए कब?"

"जी, कब जाना है?" मैंने पूछा।

"परसों चले जाइए।" प्रभातजी ने कहा, "सोम को जानते हैं?"

"जी!" मैंने स्वीकार में सिर हिलाया। सोम 'जनशक्ति' के चंडीगढ़ संपादक थे, अब प्रभातजी 'जनशक्ति' का बंबई संस्करण देख रहे थे।

"थैंक्यू सर!" मेरे मुँह से निकला और मैं अक्षत के साथ बाहर जाने को उठा। मैं दरवाज़े के पास पहुँचने को था कि पीछे से प्रभातजी की आवाज़ आई, "सुनिए।"

"जी।" मैं पलट गया।

"बंबई नहीं जाएँगे आप?"

"अगर चुनाव की सुविधा है तो मैं बंबई ही जाना चाहूँगा।" मैंने तुरंत कहा।

"क्यों?" पूछा प्रभातजी ने।

"बंबई चुनौतियों से भरा शहर है। एक दूसरा हिंदुस्तान। मैं खुद को वहाँ साबित करना चाहूँगा।" मैंने सच्ची बात कही।

"ठीक है, आप बंबई का मन बनाइए और संपर्क में रहिए।"

"आपको फोन कर सकता हूँ, मैं?

"क्यों नहीं?"

"मिलता भी रह सकता हूँ?"

"बिल्कुल!" बड़ी सहजता से कहा प्रभातजी ने। फिर अक्षत से बोले, "इनके बारे में बाहर बाबूराम को बता देना।"

अगर ईश्वर है तो उसकी कसम। मुझसे रहा नहीं गया। मैंने तड़ाक से प्रभातजी के पाँव छुए और कमरे से बाहर निकलकर अपने आँसू पोंछने लगा।

"अक्षत," मैंने कहा, "तुम मेरी ज़िंदगी के सबसे पवित्र कोने में हमेशा रहोगे।"

"चूतियापन मत कीजिए आप।" अक्षत बोला और हम लपककर गले मिल गए।

"बधाई!" बाबूराम ने हाथ मिलाया।

'जनशक्ति' की बिल्डिंग के बाहर आकर मैंने ऑटो पकड़ा और सीधे भोजराज की दूकान पर पहुँचा। वहाँ पहुँचकर अपनी घड़ी मैंने सौ रुपए में बेच दी। इसके बाद ऑटो से ही मैं दरियागंज पहुँचा और लतिका की प्रिय मिठाई रसगुल्ले लेकर दिलदारपुर की बस में सवार हो गया। दिलदारपुर उतरकर मैंने बहुत समय के बाद अपने पैसों से ओल्ड मौंक का क्वार्टर

खरीदा और घर में घुसकर लतिका को गोद में लेकर नाचने लगा। शोर सुनकर बीमार माँ मुस्कराती हुई सामने आ गई !

बहुत दुखों के बाद जरूर कोई सुख लौटा है। लतिका सोच रही थी।

ग्यारह

बहुत दिनों के बाद एक सुख आया था जो देहरी को छूते ही लौटा जा रहा है। जया सोच रही थी और डबडबाई आँखों से सोमेंद्र के अपना सामान पैक करते देख रही थी। स्त्रियाँ इतनी कमज़ोर क्यों होती होंगी जया खुद से पूछ रही थी। जिस क्षण या अनुभव का पुरुष के लिए सिर्फ तात्कालिक मतलब होता है, उससे चिपककर स्त्रियाँ बरसों क्यों बैठी रह जाती होंगी। लेकिन यह गलत है न ! जया के भीतर एक गहरी टीस भरी तड़प आकार ले रही थी। क्यों नहीं उस रात उसने सोमेंद्र को अपने ऊपर से धक्का दे दिया ? लेकिन तब कहाँ पत था कि इसके जीवन के भीतर एक और जीवन बसा हुआ है, जो ज्यादा वास्तविक और ज्यादा गहरा है।

"लेकिन यह गलत है न !" जया अवश होकर सोमेंद्र की पीठ से लग गई, "ऐसे छोड़कर चले जाना··· ।" जया मिसेज़ सोमेंद्र वाले कवच के तड़क-तड़क कर गिर पड़ने के सच से सिहरी जा रही थी, "वो शहर से बाहर गए हैं" वाला झूठ वह कितने दिन-महीनों-वर्षों तक पालती-पोसती रहेगी ?

"जया सच का सामना करो।" मैंने जया को पीठ से लगे रहने दिया, "वहाँ दिल्ली में दुखों और कष्टों से अकेली लड़ती-भिड़ती मेरी बीवी है। दो बच्चे हैं मेरे, जिनसे मैं प्यार करता हूँ और ज़िंदगी में अकेले रहने की आदत नहीं रही है मेरी।"

"तब तुमने मेरे भीतर एक सपना क्यों जगाया ? इतने दिनों से सब ठीक-ठाक चल तो रहा था···तुमने उसे एक दूसरी राह पर क्यों मोड़ दिया ?" जया कातर थी। वह अपने भीतर उठते इस स्वीकार में सच्ची और खरी थी इस समय कि मखमली अँधेरों का संसार उसने अपनी इच्छा से नहीं चुना था। उसने इलाहाबाद विश्वविद्यालय से मनोविज्ञान में एम. ए. किया था, नृत्य और गायन सीखा था। छोटी-मोटी मॉडलिंग की थी, वह बंबई में इसलिए नहीं आयी थी कि 'जानम' की जलती-बुझती रोशनियों के बीच रक्कासा बन जाएगी। लेकिन जब पहला प्यार ही दगा दे गया तो इस इतने बड़े शहर में और क्या करती वो ? यही क्या कम था कि उसने अब तक अपने को बचाए रखा था। लेकिन अब ? यह दूसरा प्यार भी उसे एकदम तनहा और निहत्था छोड़कर चल दे रहा है।

जया के दुख सोमेंद्र की पीठ पर टपक रहे थे।

"वह सब कुछ नियोजित नहीं था जया। तुम इतने आकस्मिक रूप से मेरे सामने आ गई थीं कि···," मैंने सीधा होकर जया को अपनी छाती से लगा लिया, "उस रात मुझे इतनी सुंदर और रमणीय लग रही थीं कि मैंने तुम्हें ले लिया।"

'ऐसा थोड़े ही होता है।" जया अपनी सिसकियों की निरीहता के बीच खड़ी काँपने लगी थी, "जीवन में जो भी सुंदर दिखे उस सबको ले सकते हैं क्या? अगर उस रात तुमने मुझे ले लिया तो मैं तुम्हें क्यों नहीं ले सकती?"

जया के सवाल का जवाब नहीं था मेरे पास।

"हमेशा के लिए नहीं जा रहा हूँ।" मैंने कहा, "कभी-कभी 'जानम' आता रहूँगा मैं।"

"ग्राहक बनकर?" पूछा जया ने।

"उफ!" मैंने अपना सिर थाम लिया फिर जया के दोनों हाथ पकड़कर बोला, "अच्छा, तुम ही बताओ क्या करूँ मैं?"

जया फिर पीठ की तरफ चली गई। शायद कहने जा रही थी, "बोलूँ?" पूछा जया ने।

"बोलो।" मैंने कहा।

"तुम मुझसे भी शादी कर लो। कभी-कभी आ जाया करना यहाँ।" जया ने कहा।

"तुमने यह सोचा भी कैसे?" मैं एक फीकी हँसी हँसा, "अव्वल तो कानूनन यह संभव नहीं है। फिर बीच में लतिका है, समाज है, फिर बार में नाचने वाली से शादी करूँगा मैं?"

मेरा वाक्य पूरा हुआ ही था कि मेरे मुँह से एक भीषण चीख निकल गई, मैंने तड़पकर खुद को जया से छुड़ाया। वह एक अजीब-सी संतुष्टि के साथ हाँफ रही थी। मेरी आँख में आँसू आ गए थे और हाथ पीठ पर चला गया था। जया ने मेरी पीठ पर पूरी ताकत से काट लिया था। मैंने हाथ को आँखों के सामने किया, वह खून से तर था।

"सुखी हो?" इतना ही पूछ सका मैं।

"हाँ," जया पहले हँसी फिर रोने लगी, "यह निशान जब तक रहेगा तुम अपनी दगाबाज़ी के कठघरे में खड़े रहोगे। जब-जब तुम्हारी बीवी तुम्हें प्यार करेगी मैं तुम्हारी पीठ पर खड़ी मिलूँगी।" जया निढाल होकर बिस्तर पर बैठ गई।

मैं अटैची उठाकर बाहर निकल रहा था। सबसे पहले किसी डॉक्टर के पास जाना था। मारे दर्द के पीठ लहक रही थी।

बारह

"यह दर्द रंग लाएगा। इस दर्द को बचाकर रखना।" मैं लतिका को समझा रहा था। उसका दर्द यह था कि कॉलोनी के कुछ स्त्री-पुरुष उसे 'बेचारी' के भाव से देखने लगे थे। लतिका ने जो कदम उठाया था उससे मेरे स्वभाव को कोई कम ठेस नहीं लगी थी। लेकिन प्रश्न यह था कि उस कदम से जो पैसे मिलने वाले थे वे गरीबी के इन दुर्दांत दिनों में बहुत दिख रहे थे। पहले-पहल मैंने भी उसे मना किया था कि, "छिः यह क्या काम ले बैठी है।" लेकिन जब वह बोली, "तुम्हारा क्या है, तुम दिन-भर बाहर रहते हो। क्या तुम्हें मालूम है हम सब लोग केवल एक वक्त खाना खाते हैं, उससे दो पैसे भी आएँगे और मेरा वक्त भी कट जाएगा। घर से बाहर निकलने का मेरा मन नहीं करता और पूरे दिन घर के भीतर··जरा सोचो, कितनी तकलीफ

में हैं हम। पूरा दिन हम लोगों को कतरा-कतरा कुतरता रहता है जैसे किसी चूहे को कुतरने के लिए कपड़े का बड़ा-सा थान मिल गया हो। इन दिनों कोई औरत अगर इतना भी पूछ लेती है कि 'ए हार्दिक की मम्मी, सब्जी लेने बाजार चलोगी' तो ऐसा लगता है मानो उसने मुझे यह वाक्य अपमानित करने के लिए कहा हो।"

"ठीक है, जैसी तुम्हारी इच्छा। वही करो जिसमें सुखी रह सको।" मैंने उसके कदम के सामने समर्पण कर दिया था।

हुआ दरअसल यह था कि लतिका ने कॉलोनी के एक कामकाजी दंपत्ति के दो छोटे बच्चों की चार सौ रुपए महीने पर देखभाल शुरू कर दी थी। हालाँकि यह कोई इतना बुरा काम भी नहीं था कि इसका मजाक उड़ाया जाए लेकिन जिसे मजाक उड़ाना है वह कहीं से भी उसके सूत्र खोज लाएगा, यह तो सनातन नियम है। कष्ट में पड़े आदमी से नहीं खेले तो क्या सल्तनत के मालिक से खेलेंगे? महिलाओं को मजा आ रहा था कि जिस घर में हर हफ्ते एक पार्टी होती थी और हर पार्टी पर चार-पाँच सौ रुपए उड़ जाना मामूली बात थी उस घर की मालकिन को चार सौ रुपए के लिए महीने के तीसों दिन पराए बच्चों की गू-मूत साफ करनी पड़ रही है। चार सौ रुपए तो चार सौ रुपए, मैं सौ रुपए के लिए अपने घर से निकलकर तीस किलोमीटर दूर तीन बसें बदल कर रेडियो के नेशनल चैनल पर 'आज का विचार' देने चला जाता था। रेडियों से छह सौ रुपए का नाटक लिखने का प्रस्ताव मिलता था और उसे लिखने-सोचने में चार दिन लग जाते थे तो मैं यह सोचकर खुश रहता था कि डेढ़ सौ रुपए रोज का काम किया और चार दिन व्यस्त भी रहे।

मेरे दो खास दोस्त, जिन्हें पहले यह सतत शिकायत रहती थी कि तुम मिलते नहीं हो, पता नहीं किन-किन लोगों में व्यस्त रहते हो, उन्हें आजकल मुझसे मिलने की फुर्सत नहीं थी। रामकुमार के पास अचानक दफ्तर में इतना काम आ गया था कि यह जानते हुए भी कि फोन करने में मेरा एक रुपया लगता है, वह फोन पर नहीं आता था। या तो कैंटीन गया होता था या बड़े साहब के पास बैठा मिलता था। सहीराम ने तो अपने ही बीवी-बच्चों को छोड़ दिया था, मुझसे भला क्या मिलता? उसने एक और शादी कर ली थी और नई बीवी के साथ कहीं दूर रहने चला गया था। वह पहले 'कोकिला' फिर 'कोकिला टाइम्स' में काम करता था। "कोकिला टाइम्स' बंद हुई तो उसे भी 'न्यू इंडिया टाइम्स' में फेंक दिया गया। पत्रकार बिरादरी में 'न्यू इंडिया टाइम्स' को एक बहुत बड़ा डस्टबिन कहा जाता था जिसमें 'न्यू इंडिया टाइम्स' की एक-एककर बंद होती पत्रिकाओं के कर्मचारियों को समय समय पर फेंका जाता रहता था। 'न्यू इंडिया टाइम्स' में कर्मचारियों की ओवरलोडिंग की स्थिति यह हो गई थी कि कोई-कोई उप-संपादक तो पूरे एक दिन में केवल एक चिट्ठी ही संपादित करता रहता था।

एक दिन सहीराम बहुत जतन से इधर-उधर देखकर, कोई काम छूटा तो नहीं रह गया है, इसकी पूरी तसल्ली करके आधे घंटे में अपनी सीट से उठा था और मुझे कैंटीन में चाय पिलाते हुए बेहद दरियादिली के साथ बोला था, "तुम चाहो तो···चूँकि तुम कष्ट में हो···मैं तुम्हें सौ रुपए महीने दे सकता हूँ···तुम चाहो तो हर महीने की पहली तारीख को मुझसे सौ रुपए आकर ले जाया करो। ओ के।"

सहीराम सचमुच मेरा दोस्त था इसलिए उसे क्या कहता। सिर्फ इतना ही समझाया था उसे,

"तुम अपनी गृहस्थी पर बोझ मत डालो मित्र। इससे कहीं ज्यादा की तो मैं अभी भी शराब पी जाता हूँ। तुम तो प्यारे ऐश करने के लिए बने हो, वही करते रहो। बारह कहानियों वाले एक कहानी-संग्रह को बारह शीर्षकों से छपाते रहो और खुश रहो कि तुम्हारे खाते में बारह किताबें हैं।"

गर्दिश के ही दिनों में एक बार वह अपनी दरियादिली के बोझ तले दबा घर आया था।

"चाय नहीं मिल पाएगी दोस्त, "मैंने कहा था।

"नहीं, नहीं।" सहीराम हड़बड़ा गया था फिर तीन-चार तरह का मुँह बना लेने के बाद बोला था, "मुझे आजकल चाय पीने से एसिडिटी हो जाती है।"

फिर उसने अपना सुझाव दिया था, "तुमको अपनी वेल्यू का पता ही नहीं है।" वह बोला था, "अपनी बीस कहानियों के बीस-बीस लिफाफे बनाओ और मध्यप्रदेश, राजस्थान, पंजाब, महाराष्ट्र, उत्तर प्रदेश वगैरह के क्षेत्रीय अखबारों में भेजते रहो। सोचो, एक कहानी का सौ रुपया भी मिला और एक कहानी बीस बार छपी तो कुल कितना पैसा हुआ? एक कहानी का दो हजार और बीस कहानियाँ कितना कमा लेंगी—चालीस हजार। और तुम्हारे पास तो पैंतीस-छत्तीस कहानियाँ हैं।"

"गजब का गणित है दोस्त।" मैं चकरा गया था।

सहीराम बुरा मानकर अपनी मोटर साइकिल पर वापस लौट गया था। उसे बाहर छोड़ने के लिए आते समय मुझे ख्याल आया था कि यह बेचारा अपने गणित ज्ञान का नहीं, नई मोटर साइकिल का प्रदर्शन करने आया था।

हिंदी प्रकाशकों और पुस्तक विक्रेताओं के बीच सहीराम की गजब की पैठ थी। शायद इसलिए कि उसने कुछ प्रदेशों की थोक खरीद में अपनी पैठ जमा रखी थी। जिन दिनों वह दिलदारपुर में अपना बड़ा-सा मकान बनवा रहा था उन दिनों किसी छोटे अखबार में बड़ी-सी खबर छपी भी थी—"हिमाचल की खरीद और सहीराम की छत का लिंटर।" लेकिन सहीराम विचलित नहीं होता था। वह परम संतभाव से अपनी चाल चलता रहता था, लोग कुछ भी कहते रहें। इन दिनों वह तेजी से अमीर हो रहा था।

और हालात ने मुझे सहीराम के सामने ले जाकर ही पटका। आखिर वह मेरा दोस्त था और एकदम नंगे तरीके से मैं उसी से पैसे माँग सकता था। एक दोस्त और था जो ठीक छह बजे घर पहुँचकर बिस्तर पकड़ लेता था और परम संतुष्ट भार से टीवी पर 'कृषि दर्शन' जैसे कार्यक्रम भी देखता रहता था। उसके पास भी बहुत पैसे होते थे लेकिन उसने कई बरस पहले एक बार मेरी कॉलेज की फीस तीस रुपए भर दी थी। वह तब से उसी उपकार के नशे में गड़गच्च था, इसलिए उससे माँगने की स्थिति नहीं थी। योगेंद्रजी से भी पैसे नहीं माँगे जा सकते थे। उनके दफ्तर जाने पर वह मुझे देखते ही टेलीफोन डायरेक्टरी मेरे सामने रख देते थे।

"ये क्यों?" पहली बार मैंने पूछा था।

वह हँसते फुसफुसाए थे, "तुम्हारी डायरी में कम फोन होंगे। इसमें से कर लो।" हँसते-हँसते पटक दिया था उन्होंने। मैं चारों खाने चित्त ज़रूर गिरा था लेकिन मजा आ गया था। मैं उनके दफ्तर से फोन न किया करूँ, यह बताने के लिए आइडिया वह जोरदार और मौलिक लाए थे।

सो मैं सहीराम के दफ्तर पहुँचा। "मुझे पैसे चाहिएँ।" मैंने सीधे-सीधे कहा, "मेरा बेटा हार्दिक बीमार है।"

"कितने ?" सहीराम पेंट और कमीज की जेबें टटोलने लगा।

"जितने तुम आराम से दे सको।" मैंने कहा।

"नॉन रिफंडेबल ?" उसने पूछा। किसी को भी पैसे देते समय वह ज़रूर सोचता था कि ये वापस मिलेंगे या नहीं, सोचना भी चाहिए। उसका पैसा है। उसने कमाया है। बाँटने के लिए थोड़े ही।

"लौटाऊँगा तो, मगर कह नहीं सकता कि कब ?"

सहीराम ने जेब से अपने हाथ खाली ही बाहर निकाल लिए, फिर बोला, "तुम ऐसा करो कि अपनी किताबें मुझे बेच दो।"

"तुम किताबें खरीदोगे ?" मैंने आश्चर्य से पूछा, "तुमने जिंदगी में आज तक एक भी किताब खरीदी है ?"

"तुमसे खरीद लूँगा।" वह हँसा। उसकी हँसी में रहस्य छुपा था। उसके हँसने का केवल और केवल एक ही मतलब होता था कि वह किसी रहस्य से दो-चार कराने वाला है।

"मेरी किताबें खरीदकर क्या करोगे ? तुम्हारे पास तो वैसे ही दुनिया-भर तक की किताबें हैं।" मैं अब तक चकित था।

"तुम्हें आम खाने से मतलब है या पेड़ गिनने से ?" वह फिर मुस्कराया, "और ऐसा मेरा कोई दबाव नहीं है कि तुम अच्छी किताबें बेचो।" वह रहमदिली के पायदान पर आ खड़ा हुआ था, "मैंने देखा है कि तुम्हारे घर में कचरा किताबों का ढेर जमा है, जिन्हें तुम कभी खोलकर भी नहीं देखोगे।"

यह सच भी था। मैं सहमत हो गया। मुझे फिलहाल पैसों की सख्त जरूरत थी, मेरे हाँ कहते ही वह तत्काल उठ गया। फिर मैं उसकी मोटर साइकिल पर बैठकर घर आया।

करीब चार घंटे की मुसलसल मशक्कत के दौरान उसने कुल चार सौ किताबें छाँट लीं। उसने सचमुच बड़े और समकालीन लेखकों को नहीं छुआ था। मित्र लेखकों की किताबों को भी उसने बख्श दिया था। उनमें ज्यादातर ऐसी किताबें थीं जो लेखक बनने के आकांक्षी लोगों ने इधर-उधर से जोड़-तोड़ करके छपवा ली थीं। प्रसाद के काव्य की विविध भूमिका, मैथिलीशरण गुप्त की नाना छवियाँ टाइप के कुछ फालतू शोध-प्रबंध या कुछ खराब कविता-संग्रह आदि। उस ढेर को एक साथ देखकर पता चलता था कि इतना सादा कचरा कैसे गजब के उत्साह से छप रहा है। और इधर अज्ञेयजी कहते कहते मर गए कि लिखने से पहले यह सोचो कि कितने पेड़ कटते हैं तब कितने कागज़ बनते हैं। यहाँ तो अकेले मेरे घर में पेड़ों का कत्लेआम हुआ पड़ा था।

सहीराम ने पता नहीं कौन-सी जेब से एक चमड़े का भव्य पर्स निकाला। सौ-सौ के कड़क बारह नोट गिने और मुझे देते हुए बोला, "तीन रुपए प्रति किताब के हिसाब से चार सौ किताबों के बारह सौ रुपए।"

"अरे ?" मैं चकित उठा। रद्दी में देने पर तो इन किताबों के सौ रुपए भी नहीं मिल सकते थे।

फिर सहीराम ने सौ का एक नोट और दिया, "उससे गत्ते के कार्टून मँगवा लेना। इन किताबों को उनमें पैक करवा लेना। कल मेरा आदमी आकर ये किताबें ले जाएगा।"

"तुम्हारा आदमी ? तुम्हारा कोई आदमी भी है ?" मैं हतप्रभ था।

"नहीं तो क्या ये किताबें मैं ढोकर ले जाऊँगा।" वह मुस्कराया, "इन सौ रुपए में से जो पैसे बचें, उनकी तुम मेरी तरफ से दारू पी लेना।"

"अरे गजब !" मैं हँसा, "तुम तो उदारता की हद किए दे रहे हो।"

"मैंने तुम पर कोई एहसान नहीं किया है।" सहीराम ने फिर तीन-चार तरह का मुँह बनाया, "मैं इन किताबों को पाँच रुपए के हिसाब से बेच दूँगा।" उसने ज्ञान दिया और अपनी मोटरसाइकिल पर रवाना हो गया।

मैं बहुत देर तक कभी हाथ में पकड़े तेरह सौ रुपयों को, कभी सहीराम की गणितीय बुद्धि को, कभी ओझल होती उसकी मोटर साइकिल को देखता रह गया। मैंने दरवाज़ा बंद किया और भीतर पहुँचा। दूसरे कमरे में हार्दिक तड़प रहा था। उसकी दोनों टाँगों में असहनीय दर्द था। लतिका उसकी टाँगें दबा रही थी। मैंने लतिका को एक हजार रुपए दिए और सँभालकर खर्च करने को कहा। फिर मैं हार्दिक के लिए डॉक्टर लेने चला गया। एकदम नहीं सोचा था कि ऐसी मुसीबत के समय इस तरह से सहीराम काम आ जाएगा।

जब दो-चार रुपए के लाले पड़े हुए हों, तब एक साथ तेरह सौ रुपए मिल जाना मेरे लिए बहुत बड़ी बात थी। और वह भी उधार नहीं, नॉन रिफंडेबल।

तेरह

"मैं हूँ न।" ईश्वर दत्त ने अपना वचन निभा दिया। कलकत्ता की किसी हिंदी संस्था के पांडेजी का पत्र था। उनकी संस्था का रजत जयंती वर्ष दार्जिलिंग में मनाया जाना था और वह टीवी कवरेज चाहते थे। ईश्वर दत्त ने उस संस्था के बहाने दार्जिलिंग पर आधे घंटे की डाक्यूमेंटरी फिल्म बनाने का सुझाव अपने अधिकारी को भेजा। वह मंजूर होकर आ गया। दूरदर्शन की पाँच लोगों की टीम में ईश्वरदत्त ने छठा नाम मेरा शामिल किया। एक हफ्ते का रहना, आना-जाना खाना मुफ्त और पारिश्रमिक चौंतीस सौ रुपए। मेरी हैसियत 'स्क्रिप्ट एडीटर' की और मैं जानता था कि काम के नाम पर मौज करनी होगी। सात दिन की ऐय्याशी के जितने पैसे मिलने वाले थे, उतने तो तीस दिन काम करके भी नहीं मिलते थे। ऊपर से दार्जिलिंग जैसी सूबसूरत जगह देखने का भारी आकर्षण। मैं अत्यंत प्रसन्न था। लेकिन सहमा हुआ भी था इतनी लंबी अनुपस्थिति उचित रहेगी ?

मेरा यह डर श्रीकृष्ण पंकज का दिया हुआ था।

'तापमान' बंद होने के बाद नए रंग-रूप में 'तापमान टाइम्स' के नाम से साप्ताहिक अखबार की शक्ल में निकलने जा रहा था। संपादक थे श्रीकृष्ण पंकज और अखबारों की तरह इसमें भी बहुत सारे नए-पुराने मित्रों के ज्वाइन करने की चर्चा थी। मैं भी पूर्व कर्मचारी होने का

वास्ता देकर श्रीकृष्ण पंकज से मिला था। उन्होंने कहा भी था कि "टच में रहिए। आपको हम जरूर रखेंगे।" इस बीच मुझे रेडियो के लिए बीकानेर के बुनकरों पर फीचर करने का प्रस्ताव मिला। मामला चौबीस सौ रुपए का था। मैं चला गया।

एक हफ्ते बाद लौटा और तत्काल श्रीकृष्ण जी से मिला। बोले, "आप कहाँ गायब हो गए थे? अब तो सारी नियुक्तियाँ हो गईं। वेरी सॉरी।"

यह अलग बात है कि इसके बाद भी नियुक्तियाँ होती रही थीं।

मैंने लतिका को बताया कि दार्जिलिंग का ऑफर है। रकम बहुत आकर्षक है। घूमना भी हो जाएगा। मन भी बदल जाएगा। नए अनुभव भी मिलेंगे। क्या करना चाहिए? उसने बिना किसी दुविधा में पड़े सुझाव दिया "प्रभातजी से इजाजत लेकर जाओ।"

मैं भी कैसा पागल हूँ। यह सरल सी बात मेरी बुद्धि में क्यों नहीं घुसी? कई बार मुझे लगता है कि लतिका के भीतर दुविधा, संशय, आशंका मुझसे बहुत कम है। बल्कि है ही नहीं। मेरे बजाय अगर वह पत्रकार होती तो ज्यादा सफल होती। मैं तो अपने पैदा किए काल्पनिक भ्रमों के हाथों ही हलाल होता रहता हूँ।

प्रभातजी से इजाजत माँगी। तत्काल मिल गई। मैं उसी क्षण दार्जिलिंग के पहाड़ों पर घूमने लगा।

"टैंटुल," ईश्वर दत्त अर्थपूर्ण हँसी के उस पार खड़ा कह रहा था, "तुम स्वर्ग में आ गए हो। सुवास घीसिंग के दार्जिलिंग में। मैं हूँ न, ऐश करो।"

हम कार से उतरकर भारी कैमरों और लाइटों के साथ "होटल हेवन" की तरफ जाते पहाड़ी रास्ते पर चढ़ रहे थे। पाँच दिन हमें इसी पाँच सितारा होटल में रहना था।

मैं और ईश्वर एक साथ एक कमरे में ठहरे। टीम के बाकी चार साथी दूसरे कमरे में।

कमरे में घुसते ही ईश्वर ने अपनी अटैची और बैग एक तरफ रखा और बिस्तर पर पसर गया। फिर वह अपनी 'हँ हँ हँ' वाली दाँतों को चबाते हुए पैदा की गई हँसी हँसने लगा। मैं समझ गया, इसके भीतर दुनिया के विदूषकों, अहमकों, तानाशाहों, लंपटों, थैलीशाहों, जनखों, दंभियों और कुंठितों को नष्ट कर देने की इच्छा रखने वाला एक और ईश्वर उत्तर आया है। यह मोर्चे पर खड़ा ईश्वर था। अब पूरे पाँच दिन इसका साथ देना है और प्रपंचों को तहस-नहस कर डालने की इसकी विध्वंसक कोशिशों में शामिल रहना है। हम मंच पर थे और अब नेपथ्य में कोई संभावना शेष नहीं बची थी। अब अपने मनचाहे बनाए संसार का ईश्वर ही राजा था और उसे कोई रोक नहीं सकता था। ईश्वर दत्त का खेल शुरू होने ही वाला था, बिसात बिछ चुकी थी। ईश्वर दत्त की उँगलियाँ मचल रही थीं। उसकी दाँत चबाकर पैदा की गई 'हँ हँ हँ' वाली हँसी निर्बंध थी।

"टैंटुल।" ईश्वर ने कहा, "शुरू हो जाओ।" और उसने मेरी तरफ 'होटल हेवन' का मीनू उछाल दिया।

"अभी से? अभी तो सिर्फ सुबह के दस बजे हैं।"

"सुबह ब्रेकफास्ट करो, दोपहर को लंच करो। रात में डिनर लो। कोई कोताही नहीं टैंटुल, बहुत काम करने हैं। ताकतवर बनो। जो खाना हो खाओ, जो पीना हो पिओ, मेरा ख्याल है शुरुआत बीयर से करते हैं।" वह बोला और उसने फोन उठाकर रूम सर्विस का बटन दबा

दिया, "रूम नंबर एक सौ तीन में छह बीयर और सलाद भेजिए···"हँ···हँ···हँ··· ।" ईश्वर दत्त हँस रहा था।

मैं इतंजार करने लगा, पाँच सितारा होटल का मालिक पाँच दिन के लिए ईश्वर दत्त बन गया था और बाकी सब उसके गुलाम। "मैं हूँ न!" शीशे के सामने खड़ा ईश्वर मुस्करा रहा था। उसकी हँसी में बनैलापन प्रवेश ले रहा था। वह दोनों हाथों की हथेलियों को पूरी ताकत से बंद और खोल रहा था। मानो कोई व्यायाम कर रहा हो। धनपतियों, कैफेटियर्स, हिंदी की दूकान चलाने वालों का पैसा वह निर्ममता से रौंदता था। यही उसका शगल था। इस तरह के आयोजनों में यह शगल इसलिए भी प्रमुख हो जाता था क्योंकि वापस नौकरी पर लौटकर तो वह फिर विपन्न हो जाने वाला था और शाम के जुगाड़ के लिए उसे दोस्त दर दोस्त भटकना था—"कहीं से ला, कहीं भी चल।" कहते हुए।

ट्रे में छह बीयर, सलाद, ओपनर, काजू और मूँगफली के भुने दाने लेकर वेटर आ गया था।

मैंने उसे कलेजी फ्राई और पनीर टिक्का लाने का आदेश देते हुए कहा, "ठीक बारह बजे खाने का ऑर्डर ले लेना।"

"जी साहब!" वेटर ने सिर झुकाया और चला गया।

मैं दो गिलासों में बीयर ढालने लगा। हमारे कमरे में लगे काँच से बाजार को जाती सड़क दिख रही थी। सड़क के दोनों ओर खड़े पेड़ झूम रहे थे। शायद बाहर मस्त हवा होगी। सड़क से गुजरती गुलाबी गालों वाली गोरखन लड़कियों की लटें हिल रही थीं।

दार्जिलिंग आता भले ही पश्चिम बंगाल में हो, लेकिन वहाँ राज सुवास घीसिंग का ही चलता था। गोरखालैंड की माँग के लिए लड़ता जाँबाज और लोकप्रिय नेता।

बीयर पीते-पीते ईश्वर दत्त अपना सामान व्यवस्थित करता जा रहा था। साथ ही वह अपनी प्रिय पंक्ति भी गुनगुना रहा था—"चलो गुनगुनाएँ, मुस्कराएँ···कोई गीत गाएँ··· अहा··· ।"

कलेजी फ्राई और पनीर टिक्का आ गया था। वेटर पूछ रहा था, "साहब खाने का ऑर्डर अभी दे दें, टाइम बता दें, खाना यहीं लेंगे या नीचे?"

"यहीं लेंगे," ईश्वर ने कहा, " मेरे लिए दाल फ्राई और पालक पनीर और···" ईश्वर मुस्कराया, "टैंटुल, तू तो मटन रोगन जोश लेगा न!"

"हाँ," मैंने कहा, मैं सड़क पर जाती एक खूबसूरत लड़की में उलझा हुआ था।

"किसी से कुछ बोल मत देना।" ईश्वर मेरी बगल में आकर खड़ा हो गया था, "खुकरी भोंक देती हैं। खूबसूरत होने के साथ-साथ जालिम भी बहुत होती हैं यहाँ की लड़कियाँ।"

बारह बजने जा रहे थे। अपने हिस्से की तीन बीयर पीकर ईश्वर बाथरूम में नहाने चला गया। मैं टीम के बाकी साथियों को देखने निकला। वे कमरे पर नहीं थे। चारों के चारों बार में मिले।

"आइए सोमेंद्रजी।" पाल बोला। वह कैमरामैन था, ईश्वर का खास। हर कवरेज में ईश्वर उसे ही चुनता था।

"आप लोग एनज्वॉय कीजिए।" मैंने कहा, "मैं भी जरा नहा-धो लेता हूँ।"

कमरे में घुसा तो ईश्वर तौलिया लपेटकर पलंग पर बैठा था और बोल रहा था, "दो लार्ज पीटर स्कॉट पहले, बाद में खाना भेज दीजिए।"

खाना खाने के बाद सब लोग आराम करने के मूड में थे लेकिन ईश्वर काम करने के मूड में आ गया था, "भाइयो, निकल लो। बहुत काम करना है।"

पूरी टीम अपने साजो-सामान के साथ होटल की लॉबी में पहुँच गई थी।

"पहले होटल का मेन गेट, फिर चारों तरफ के पहाड़, फिर सड़क को ले लो। जल्दी।" ईश्वर पाल को निर्देश दे रहा था।

हिंदी प्रतिनिधियों ने होटल में आना शुरू कर दिया था। वे आ रहे थे और कैमरे में कैद हो रहे थे। दूरदर्शन की टीम को शूटिंग करते देख दूर से आते सेमिनार के कर्ता-धर्ता पांडेजी की बाँछें खिल उठी थीं। वह ईश्वर से तपाक से मिले। काम का आरंभ ही उल्लास से हुआ था।

"रात को आपका इंटरव्यू करेंगे···," ईश्वर उनके सामने चारा डाल रहा था, "बस अपने बच्चों को खाने-पीने की कोई तकलीफ न हो।"

"अरे क्या बात करते हैं···," पांडेजी हिनहिनाए, "क्या इनका भी इंटरव्यू कर लेंगे?" पांडेजी ने साथ आई एक थोड़ी-सी सुंदर लेकिन मोटी महिला को दिखाकर पूछा।

"इनका तो हम ऐसा इंटरव्यू करेंगे कि ये दंग रह जाएँगी।" ईश्वर हँसा और उसने अपनी भारी आवाज़ में कहा, "मुझे ईश्वर कहा जाता है।"

"जी!" महिला ने लपककर ईश्वर का आगे बढ़ा हाथ दोनों हाथों से थाम लिया, "मैंने बहुत बार आपको टीवी पर देखा है। यकीन नहीं होता कि आप सामने हैं।"

"वह भी हो जाएगा।" ईश्वर हँसा, "हँ··· हँ··· हँ···" फिर उसने मेरा परिचय कराया।

महिला फिर मुदित हो गई, "मैंने आपकी कहानियाँ पढ़ी हैं। हमारी लाइब्रेरी में आपकी तीन किताबें हैं। मैं हिंदुस्तान कॉपर लिमिटेड में हिंदी अधिकारी हूँ।"

"आप लोग खाना खाइए। हम अपना काम कर रहे हैं।" ईश्वर ने पांडेजी से कहा।

"जी···हम कितने बजे आपके कमरे में आ जाएँ।"

"हम एक सौ तीन में हैं। आप अपना नंबर बता दीजिएगा। हम खुद आ जाएँगे।" ईश्वर बोला।

"जी, बहुत अच्छा।" पांडेजी अपनी धोती सँभालते हुए आगे बढ़ गए। पीछे-पीछे वह महिला थी।

ईश्वर का जादू चढ़ने लगा था।

सेमिनार अगले रोज से शुरू होने वाला था। ईश्वर फिर शूटिंग में व्यस्त हो गया। मैं घूम-घूमकर होटल को देखने लगा। काफी दिव्य होटल था।

"चलो भाइयो, आज के लिए बहुत हो गया। थोड़ा आराम कर लेते हैं। पाल चलो, पैकअप।" ईश्वर मेरे पास आया, "टैंटुल सब ठीक है न!"

"एकदम।" मैं मुस्कराया। 'यह भी तो दिल्ली वाला है, तो फिर?' मैं सोच रहा था।

रात को पांडेजी और सुवर्णाजी का इंटरव्यू संपन्न हो गया। पांडेजी अत्यंत प्रसन्न थे। सुवर्णाजी तो बिछी जा रही थीं, उन दोनों को ईश्वर ने गोली दे दी थी कि दोनों स्क्रीन पर

पाँच-पाँच मिनट तक दिखाए जाएँगे। दोनों से विदा लेकर हम अपने कमरे में आ गए, जहाँ रायल चैलेंज की पूरी बोतल, सोडे और थालियों से ढका भोजन हमारे इंतजार में था।

"पाँच-पाँच मिनट दोगे ?" मैं पूछ रहा था।

"टैंटुल, तू चौंकता बहुत है।" ईश्वर मस्ती में था, "असली कमाल तो तू एडीटिंग रूम में देखना।"

हम आधी बोतल खत्म कर चुके थे कि दरवाज़े पर दस्तक हुई।

"कम इन।" ईश्वर ने कहा और फिर वह हँसा··· " हँ···हँ···हँ··· ।"

मैं समझ गया कि ईश्वर का खेल शुरू हो रहा है।

सुवर्णाजी थीं। आते ही बोलीं, "अरे, आप लोगों का खाना नहीं हुआ ? मैं तो इसलिए आई कि आप कविताएँ सुनाने वाले थे न ?"

"कविता तो बहुत ज़रूरी है जीवन में।" ईश्वर मुस्कराया, "लेकिन रासायनिक पराक्रम के बिना कुछ जमता नहीं है न···दिन भर कितना काम किया है।"

"सो तो है।" सुवर्णाजी ने सिर हिलाया।

"यह तो ऐसे बोल रहा है," मैंने सोचा, "जैसे दिन भर पहाड़ तोड़े हों।"

"एक तो लीजिए, आप पहाड़ पर हैं। पहाड़ पर यह जरूरी है।" ईश्वर ने एक पैग बनाकर सुवर्णाजी को जबरन थमा दिया।

सुवर्णाजी ने पहले ना-नुकुर की, फिर ईश्वर के यह कहने पर 'अरे लीजिए साहब' उन्होंने गिलास उठा लिया।

ईश्वर तीसरी पैग खत्म करके गुनगुनाने लगा था, "अहा, कोई गीत गाएँ, गुनगुनाएँ।"

सुवर्णाजी की आँखों में काले डोरे उतर आए थे। ईश्वर ने उनका एक पैग और बना दिया और बोला, "इतना अच्छा इंटरव्यू हुआ है आपका कि पूरा देश मुग्ध होकर देखेगा···अरे साहब, बहुत काबिल महिला हैं आप··· ।"

सुवर्णाजी दूसरा पैग पी रही थीं।

"कविताएँ सुनेंगी ?" ईश्वर पूछ रहा था।

"हाँ !" सुवर्णाजी की आँखों के लाल डोरे गहरे हो गए थे, "आप भी सुनाइए।" वह मुझसे कह रही थीं।

"मैं तो कहानियाँ लिखता हूँ। इसीलिए मार खा जाता हूँ।" मैं हँसा।

"चलिए।" ईश्वर हाथ में अपना पाँचवाँ पैग और कविता-संग्रह लेकर उठ खड़ा हुआ, "आप ही के कमरे में चलते हैं।"

"आप नहीं आएँगे ?" सुवर्णाजी मुझसे पूछ रही थीं।

"नहीं, मैं तब तक खाना खा लेता हूँ। बहुत जोर की भूख लग रही है।" मैंने कहा।

"होता है। पहाड़ों पर भूख ज्यादा लगती है।" सुवर्णाजी बोलीं और हल्के-हल्के लड़खड़ाते हुए ईश्वर के पीछे चली गईं।

जब ईश्वर लौटा तब उसके हाथ में न गिलास था, न कविता-संग्रह। आते ही वह बिस्तर पर पसर गया और बोला, "मेरा एक पैग बना दे टैंटुल। बहुत थक गया हूँ," फिर वह हँसने लगा हँ···हँ···हँ··· ।

मुझे मालूम था कि इस यात्रा का पहला वध ईश्वर ने कर दिया है।

दुनिया के सबसे अप्रतिम सूर्योदय के वक्त सूर्य की पहली किरण को देख मैं हतप्रभ था। हमारी पूरी ही टीम मंत्रमुग्ध थी। टाइगर हिल के अविस्मरणीय सूर्योदय को देख और शूट कर हम अपनी जीप में लौटने के लिए नीचे उतर रहे थे कि तभी सूर्य की पहली किरण जैसी वह एक पेड़ के नीचे दिखाई थी। वह दूर से दमक रही थी। मैं उसके करीब चला गया।

पेड़ के नीचे वह गर्म चाय की बड़ी-सी केतली लिए बैठी थी। मैंने जो चाय ली वह अंतिम थी। मैं सर्दी से ठिठुर रहा था, वह भी। उसके गाल रक्तिम थे। पहली नजर में वह अत्यंत मनमोहक लगती थी, थी भी। लेकिन पहाड़ के कष्टों ने कहीं-कहीं से उसकी छजा बिगाड़ दी थी। मसलन उसकी एड़ियाँ फटी हुई थीं और हथेलियों पर भी एकाध जगह किरचें-सी पड़ गई थीं। वह बहुत साफ हिंदी बोल रही थी। पहले ही साक्षात्कार में मैं उससे प्रभावित हो उठा।

उसका नाम करमा डोलमा था। घर में दो अशक्त माँ-बाप और दो छोटे भाई थे। बिना किसी दुविधा के अत्यंत सरलता से उसने बता दिया, "सुबह तीन बजे मैं चाय की केतली लेकर आ जाती हूँ। छह बजे घर पहुँचकर काम में जुट जाती हूँ। दस बजे पढ़ने के लिए चली जाती हूँ। शाम पाँच बजे लौटकर फिर काम-धाम में जुट जाती हूँ। सात बजे से दूसरे घरों में चौका-बासन करती हूँ। रात नौ बजे लौटकर फिर घर के काम में लग जाती हूँ। साढ़े दस से बारह तक पढ़ाई करती हूँ। सुबह ढाई बजे उठकर टाइगर हिल आने वालों के लिए चाय बनाती हूँ। और पाँव-पाँव चलकर तीन-सवा तीन तक यहाँ आ जाती हूँ।"

पहली से ग्यारहवीं तक प्रथम श्रेणी में पास होने वाली करमा डोलमा पिछले चार बरस से इस रुटीन को रोज ढो रही थी। दिल्ली बंबई में होती तो यकीनन मॉडल बन गई होती। इतने कठिन संघर्ष और प्रतिकूल स्थितियों में भी पढ़ाई के प्रति उसकी ललक अचंभित कर देने वाली थी। इसे मौका मिले तो यह देश को गौरव दिलाने का काम कर सकती है। मैंने सोचा था और चाहा था कि काश ऐसा हो।

ईश्वर ने करमा डोलता समेत उसकी बातचीत, उसकी व्यथा, उसके संघर्ष, उसकी करुणा और उसके स्वप्नों को शूटकर लिया था।

"तुम बहुत क्यूट और मेधावी लड़की हो करमा।" ईश्वर कह रहा था, "तुमको यह पहाड़ छोड़कर समंदर पार ऊँची पढ़ाई करने जाना ही होगा। दुनिया के सारे पाखंडी और अत्याचारी भी तुम्हें रोक नहीं पाएँगे।"

फिर हमने करमा से उसके घर का पता लिया। अपनी जीप से उसे उसके घर छोड़ा। उसके माता-पिता से मिले। उन्हें अपने दिल्ली के पते दिए और करमा डोलमा से हाथ मिलाकर विदा ली।

सुबह दस बजे हम दार्जिलिंग गोरखा हिल कौंसिल के चेयरमैन सुवास घीसिंग और उनके महल कौंसिल हाउस को शूट कर रहे थे। शूटिंग के बाद ईश्वर ने सुवास घीसिंग को करमा डोलमा वाली फिल्म दिखाकर आग्रह किया, "आप कर सकते हैं, इसके लिए कुछ कीजिए।"

"सुंदर··· अद्‌भुत···," घीसिंग बोले, "छेत्री··· ।" उन्होंने अपने चीफ सिक्योरिटी ऑफिसर को आवाज़ दी, "करमा को ऊँची पढ़ाई करने के लिए लंदन भेजने का इंतजाम करो। सारा खर्चा कौंसिल देगी। हमें इस लड़की पर गर्व है।"

"येस सर!" छेत्री ने कहा।

"बहुत बहुत शुक्रिया।" ईश्वर ने घीसिंग से हाथ मिलाते हुए बेहद विनम्रता से कहा। ईश्वर इतना खुश था मानो उसकी अपनी बेटी को लंदन भेजा जा रहा हो। सचमुच। मैंने सोचा। ईश्वर को समझना इतना सरल नहीं है।

फिर कौंसिल की तरफ से हमारी टीवी टीम को दार्जिलिंग की एक-एक किलो चाय, एक-एक छोटी तलवार, एक-एक टोपी सुवास घीसिंग के हाथों बतौर स्मृति भेंट की गई। पूरी टीम प्रसन्न बदन मेहता होकर होटल में लौटी। सेमिनार शुरू हो चुका था।

अंतिम रात ईश्वर को सँभालना भारी पड़ गया। छह पैग पीकर रात बारह बजे वह होटल की चार मंजिली छत पर पहुँच गया था। होटल के सामने थोड़ी दूर बनी एक टूटी-फूटी वीरान इमारत को दिखाते हुए वह कह रहा था, "मैं उस महल का राजकुमार था टैंटुल।" ईश्वर बाकायदा रो रहा था फूट-फूटकर, "वहाँ मेरी प्रेयसी तिलोत्तमा रहती है। देखो, वह मुझे आवाज़ दे रही है। मुझको जाना ही होगा टैंटुल।" ईश्वर होटल की छत से छलाँग लगाने पर आमादा था।

समुद्र तल से हजारों फीट की ऊँचाई पर खड़ा मैं जून की दिल्ली जैसा तप रहा था। मैं ईश्वर को पकड़ने की कोशिश करता था तो वह बुरी तरह मेरे कंधे नोचने लगता था। अपने तेज़ नाखूनों से उसने मेरे कंधों और बाजुओं पर जगह-जगह जख्म बना डाले थे। पाँच सितारा ऐश्वर्य की धज्जियाँ उड़ रही थीं। पीटर स्कॉट और रॉयल चेलेंज का नशा पानी-पानी हो गया था। मैं ईश्वर को अकेला छोड़कर उसकी टीम के लोगों को बुलाने भी नहीं जा सकता था। अगर उसने सचमुच छलाँग लग़ा दी तो? भय मेरे सिर पर नाच रहा था।

बदहवासी के उस चरम क्षण में आखिर मैंने एक मजबूर निर्णय लिया और ईश्वर के अंडकोषों पर अपना घुटना मार दिया।

"बाप रेऽऽ" दर्द से ईश्वर दोहरा हो गया। मैंने तत्काल उसे जोर का धक्का दिया। वह लड़खड़ाकर जमीन पर चित्त पड़ गया। शायद चोट या शायद नशे के कारण ईश्वर अचेत हो गया था। मैं भागकर नीचे गया और टीम का दरवाज़ा खटखटाने लगा। दरवाजा पाल ने ही खोला।

"जल्दी करो," मैं हाँफते हुए बोला, "छत पर ईश्वर बेहोश पड़ा है। अगर उसे होश आ गया तो वह आत्महत्या कर लेगा।"

"अरे बाप रे?" पाल घबरा गया, "यह तो हम सबको मरवा देगा।" पाल अंडरवियर में ही छत की तरफ भागा।

बड़ी मुश्किल से गिरते-पड़ते हम ईश्वर को कमरे में लाए और बिस्तर पर पटक दिया।

सुबह ईश्वर पूछ रहा था, "टैंटुल, रात मैंने खाना खाया था क्या?"

मैंने अपनी कमीज़ उतारकर उसे अपने जख्म दिखाए, "रात मैंने भी खाना नहीं खाया।" मैंने रुष्ट होकर कहा।

"मैं हूँ न !" ईश्वर मुस्कराते हुए बोला, "रास्ते के लिए दो बॉटल पीटर स्कॉच मँगा ले।" वह फिर सो गया।

चैक आउट के समय पांडेजी की आँखें उनकी हथेलियों पर आ गिरीं।

"अस्सी हजार रुपए? कमरों का बिल अस्सी हजार रुपए?" पांडेजी ईश्वर के पास पहुँचे, जो दूर खड़ा सिगरेट पी रहा था और दाँत चबाकर पैदा की गई हँसी हँस रहा था··· हँ··· हँ··· हँ···।

"पांडेजी···।" ईश्वर शांत था, "आधे घंटे की जो फिल्म पूरे देश में दिखाई जाएगी उसकी कीमत जोड़ने बैठेंगे, तो आठ लाख रुपए से ऊपर पहुँच जाएगी।"

"फिर भी इतना तो हम नहीं कर पाएँगे। आप मत दिखाइए फिल्म।"

"तो भारत सरकार के कैमरे जब्त कर लो भाइयो।" ईश्वर अपनी हँसी पर लौट आया था। उसकी हँसी से घबराकर पांडे जी ने बिल चुका दिया। ईश्वर ने सुवर्णा को आँख मार दी।

दिल्ली पहुँचकर तीन दिन बाद जब मैं अपना चेक लेने पहुँचा तो ईश्वर कह रहा था, "परसों मसूरी चलना है टैंटुल। वहाँ पर भी कुछ हिंदी के व्यापारियों का वध करना है।"

मैंने अपने जख्म देखे, वे अभी पूरी तरह भरे नहीं थे।

चौदह

दिल्ली के जख्म भरने लगे थे। बंबई संगदिल शहर नहीं था। प्रतिभा और श्रम की कद्र थी यहाँ पर। लगाव सोने जैसे खरे थे। जुड़ाव झूठे नहीं थे।

मकान बुक करने के कुछ ही दिन बाद एक साहित्यिक पुरस्कार घोषित हो गया। एक महीने बाद एक समारोह में दस हजार रुपए मिल जाने वाले थे। घोषणा पढ़कर शिवजी और विमलजी ने बधाई दी और दोनों ने एक ही सलाह दी—"अभी हमारे पैसे लौटाने की चिंता मत करना। ये पैसे भी तुम फ्लैट में डाल देना।" उन्हें मालूम था कि एग्रीमेंट की शर्त के मुताबिक बुकिंग के दो महीने बाद पाँच हजार, चार महीने बाद फिर पाँच हजार और छह महीने बाद बाकी दस हजार भरने थे। यह मकान का अपना शेयर था। बाकी पैसा जी. आई. सी. से लोन मिलने वाला था।

लालमणि पांडे ने दो काम किए। गोरेगाँव के एक फर्नीचर वाले दोस्त से पलँग, कुर्सी-मेज और किताबों की अल्मारी उधार दिलावा दी। फिर वह जोगेश्वरी की एक परिचित इलैक्ट्रॉनिक्स की दूकान पर ले गया। किफायती दरों पर कर्ज़ लौटाने का एक स्कीम के तहत नए घर में फ्रिज, टीवी और कपड़ों की अल्मारी आ गई, सिर्फ साढ़े पाँच सौ रुपए महीने की छोटी-सी किस्त पर।

अरे वाह! मैं और लालमणि साजो-सामान से लैस पूरे फ्लैट को बच्चों जैसे उत्साह से घूम-घूमकर देख रहे थे।

"अब इस घर में सिर्फ भाभी बच्चों की कमी है।" लालमणि ने याद दिलाया, लतिका अभी तक दिल्ली में है।

"कल ही मनीऑर्डर भेज देता हूँ।" मैंने कहा, "बोल देता हूँ कि किचन का सामान, बिस्तर और कपड़े-लत्ते लेकर फौरन आ जाए। और थोड़ी बहुत महत्त्वपूर्ण किताबें भी।"

"हाँ किताबें भी मँगवा लीजिए, बंबई में अच्छी किताबों का ही दुःख बना रहता है।" लालमणि बोला।

"ठीक है, ऐसा ही करते हैं। अकेले दम पर जो ला सकती हो ले आए। बाकी बाद में आता रहेगा।" मैंने खुद से ही कहा, "मेरे जाने की ज़रूरत ही क्या है। फालतू का पैसा ही खर्च होगा।" वैसे भी दिल्ली जाने का मेरा मन भी नहीं था।

"पैसे हैं या मैं दूँ?" लालमणि पूछ रहा था। मुझे याद आया, अभी बैंक में दो हजार हैं। शायद कम पड़ें। क्या पता दिल्ली में राशन-पानी वाले का कुछ कर्ज हो।

दो हजार बैंक से निकालकर, दो हजार लालमणि से ले मैंने लतिका को चार हजार रु. भेज दिए। नीचे एक छोटा-सा नोट—"मैडम, अब आ जाइए, एक सजा-धजा घर आपके इंतजार में है।

संकट के हर छोटे-से-छोटे क्षण में लालमणि बिना बुलाए साथ खड़ा मिलता था। वैसे भी अगर एक-दो पुराने दोस्तों को छोड़ दिया जाए तो बंबई में लालमणि को ही प्रथम मित्र का दर्जा प्राप्त था।

मैं नया-नया बंबई आया था। उन दिनों 'इंद्रधनुष' चार पेज के अखबार के रूप में शनिवार के अखबार के साथ आता था। पत्रिका निकलने तक मैं उसी का कामकाज देख रहा था। मेरी देख-रेख में दूसरा ही परिशिष्ट निकला था कि लालमणि दफ्तर में बैठा था।

"मैं लालमणि पांडे।" एक सौम्य आकर्षक-सा युवक सामने बैठा कह रहा था, "कहानियों के माध्यम के जानता हूँ। बंबई में आपका स्वागत है।" फिर लालमणि शायरों वाली मुद्रा में बोला था—"इस शहर में आ रही हैं सैकड़ों पगडंडियाँ, इस शहर से लौटने का रास्ता कोई नहीं।"

"दिलचस्प आदमी लगते हैं आप।" मैं मुस्कराया था।

"जरूर।" लालमणि बोला था।

उसके जवाब को सुन मजा आ गया था। मैंने एक बार फिर गर्मजोशी के साथ उससे हाथ मिलाया था।

बाद में शहर के जितने लोग मेरे दोस्त-दायरे में आते गए उनसे परिचय के आरंभिक बिंदु पर लालमणि ही खड़ा हुआ था।

गीता नगर में भी मेरा फ्लैट बुक हुआ था, वहाँ मैं फर्स्ट फ्लोर पर और लालमणि ग्राउंड फ्लोर पर आने वाला था।

पंद्रह

फोर्थ फ्लोर पर बैठा ईश्वर दाँतों से चबाकर पैदा की गई हँसी हँस रहा था "हँ…हँ… हँ…।" मेरे दायरे की जमीन पर खड़ा पूरा शहर कुंठित और कुपित था और इस सबसे बेपरवाह अपने कमरे में फाइलों पर दस्तखत करता, एडीडिंग रूम में एडीटिंग करता, अफसरों से मीटिंग करता,

रातों को शहर में भटकता ईश्वर अपने दाँत भींच रहा था और हथेलियाँ खोल-बंद कर रहा था। वह मेरे पीड़ित जीवन का ईश्वर बन गया था।

मसूरी से लौटकर मैंने ढाई हजार का चेक लिया तो ईश्वर मुस्कराया, "हरियाणा में सात दिन का आर्टिस्ट कैंप है। तुम हमारे स्क्रिप्ट राइटर हो टैंटुल। बिना दाल के फीके चावलों से बदला लो टैंटुल। जितना भी रोगन जोश खा सकते हो खाओ।" ईश्वर फिर हँसने लगा। ईश्वर को पता था कि मटन रोगन जोश मेरी प्रिय डिश है।

हरियाणा से लौटकर चार हजार का चेक उठाया तो ईश्वर अपने कमरे में उन्मत्त हो नाचने लगा, "अब हम मथुरा जाएँगे टैंटुल। बरसाना की लाठामार होली पर फिल्म बनाने। सब जनखों की ऐसी-तैसी, सब जनखों की।"

उसने हाथ पकड़कर मुझे भी अपने नृत्य में शामिल कर लिया, चलो गुनगुनाएँ, मुस्कराएँ··· अहा कोई गीत गाएँ··· ।

एक जख्म सूखता नहीं था कि ईश्वर दूसरा टूर ऑफर कर देता था। हर टूर के अंतिम दिन वह कोई नया नाटक करता था और रोने लगता था। उसे चुप करने की कोशिश में जब हमारी झड़प होती थी तो मेरे कंधे या बाजू पर वह अपने तेज़ नाखूनों से कोई नया जख्म बना देता था। सुबह उठकर वह पूछा करता था, "रात मैंने खाना खाया था क्या ?"

ऐसी बहुत सारी रातें गुज़ार लेने के बाद मैंने एकाएक पाया था कि उसका यह रोग चुपचाप मेरे भीतर भी प्रविष्ट हो गया है।

अब मुझे भी याद नहीं रहता था कि मैंने रात खाना खाया था या नहीं ?

बरसाना होली पर फिल्म का जो कांट्रेक्ट मैंने साइन किया उस पर पारिश्रमिक की रकम साढ़े तीन हजार रुपए दर्ज थी। ये दिल्ली से बाहर के एसाइनमेंट थे। दो सौ-चार सौ वाले कला दीर्घाओं की कवरेज, कलाकारों से साक्षात्कार सेमिनारो की रिपोर्टिंग वाले स्थानीय काम अलग थे। मैं महीने के तीसों दिन ईश्वर के संरक्षण में ही पनप रहा था। दो महीने के भीतर ईश्वर ने मेरे घर के दलिद्दर धो डाले थे।

शहर दुखी था कि मेरे दुःख जाते रहे।

मैंने शहर के सुखों-दुखों की तरफ अपनी पीठ कर ली थी। दिन-भर ईश्वर के साथ काम में व्यस्त रहता था। रातों को कभी कनॉट प्लेस के बरामदों में, कभी मंडी हाउस के चौराहे पर, कभी गोल मार्केट के मोड़ पर, कभी एन.एस.डी. के किसी कमरे में, कभी रेडियो की कैंटीन में और कभी मेरे घर में हम देर रात तक गाते रहते थे—"चलो गुनगुनाएँ, मुस्कराएँ··· अहा कोई गीत गाएँ।"

पहले से थोड़ा छोटा लेकिन लतिका के गले में फिर से मंगल सूत्र चमकने लगा था।

सोलह

ठीक दो तीस पर पश्चिम एक्सप्रेस बोरीवली आ रही थी। मेरा दिल ऐसे धड़क रहा था जैसे मैं अपनी प्रेमिका से मिलने आया होऊँ। पूरे दो साल बाद मैं लतिका की शक्ल देखूँगा। इस ट्रेन

से दोनों बेटों के साथ लतिका उतरने वाली थी। उसने मुझे दिल्ली से अकेले विदा किया था लेकिन मैं उसे रिसीव करने दस दोस्तों के साथ आया था।

वह उतरी तो शोर मच गया, "भाभीजी नमस्ते···भाभी जी स्वागत है···वेलकम टु बांबे···।"

स्वागतों के शोर में, भीड़ भरी बोरीवली के बीचोंबीच मैं और लतिका स्टेशन पर आलिंगनबद्ध थे। दोस्त लोग कुली की मदद से सामान उतरवा रहे थे। बड़ा बेटा ऋषभ जल्दी-जल्दी बाहर-भीतर जा रहा था क्योंकि ट्रेन को सिर्फ तीन मिनट के लिए स्टेशन पर रुकना था। लेकिन ये बंबई के तीन मिनट थे और मैं बंबई के जानकार दोस्तों के साथ स्टेशन आया था।

लतिका की आँखों से आँसू वह रहे थे। मेरी आँखें भी नम थीं। ऐसा अनुभव हो रहा था कि लतिका दो वर्ष के निर्वासन से लौटी हो। बहुत से दोस्तों की आँखें भीग आईं। मैं लतिका की आँखें और माथा चूम रहा था—बिंदास। ऐसा बंबई में ही संभव था। वहीं यह घटित भी हो रहा था। लतिका जरूर थोड़ी झिझक में थी लेकिन उसके इंतजार ने झिझक को झटक दिया था। ऋषभ मेरे सब दोस्तों से हाथ मिला रहा था। हार्दिक मुझसे चिपका खड़ा था। मैं लतिका से मित्रों का परिचय कराने लगा। वह ज्यादातर लोगों को नाम से जानती थी क्योंकि इंद्रधनुष का हर अंक उसके पास डाक से जाता ही था या मैं अपनी चिट्ठियों में यहाँ के नए दोस्तों और उनके सहयोगों के बारे में लिखा ही करता था।

जल्दी ही मैंने रोहितजी से भी लतिका को मिलावाया। लतिका अभिवादन की मुद्रा में आधा झुक गई। लतिका के ही अंदाज में रोहित भी आधा झुककर बोले, "स्वागत है।"

दरअसल रोहितजी औपचारिकताओं में यकीन नहीं रखते थे। जब मैं नया था, एक बार रोहित मेरी मेज के पास आए। मैं आदर में कुर्सी से उठकर खड़ा हो गया।

"मान्यवर बैठे रहिए," रोहितजी बोले थे, "वरना मैं कुर्सी पर खड़ा हो जाऊँगा।" रोहितजी ने मेरे सामने पड़ी कुर्सी की तरफ इशारा करके कहा था।

कहाँ दिल्ली में पदों का आतंक और घमंड, कहाँ यह सरलता और सहजता। नई जगह पर आकर, साथियों के साथ, नई जिम्मेदारियों में, आकाश की भाषा में कहूँ तो गले-गले तक प्रसन्न था। जीवन में अमन-चैन लौटने के आसार नज़र आ रहे थे।

सत्रह

बंबई की सड़कों पर अमन चैन की क्षत-विक्षत लाशें लावारिसों की तरह पड़ी थीं। अयोध्या में कुछ उन्मादियों ने एक विवादित मस्जिद का ढाँचा गिरा दिया था। उसके गिरते ही बंबई में दो वर्गों के बीच उन्मत्त, पागल और क्रूर साँड युद्ध का बिगुल बज उठा। जोगेश्वरी की राधा बाई चाल में कुछ परिवारों को नींद में जला दिया गया। कालबादेवी के चौराहे पर छह मालाडी कामगार कटे पड़े थे। अँधेरी पश्चिम के बाहर कपड़ों की एक भव्य दूकान धू-धू कर जल रही थी। अँधेरी पूर्व में कतार से बनी तीन दर्जन दूकानों को आग के हवाले कर दिया गया था। कोलाबा जल रहा था, कुर्ला जल रहा था, मालाड जल रहा था, नेहरूनगर राख हो गया था,

जोगेश्वरी पहचान में नहीं आ रहा था। धारावी का जिस्म बीचोंबीच से कट गया था। बांद्रा के रेस्त्राँ जल रहे थे। माहिम विकृत हो गया था। मोहम्मद अली रोड की जिस मशहूर दूकान पर मैं नल्ला नहारी खाने जाता था, उसे रोड पर तलवारें उग आई थीं जो आने-जाने वालों का नाम पूछ-पूछकर उन्हें बारी-बारी से काट रही थीं।

पूरे चार दिन अमनपसंद, उत्सवधर्मी और सतत सक्रिय बंबई आतंक तेज धार चाकू की तरह तना रहा। बंबई का समुद्र रक्त से लाल हो गया। बंबई का आसमान धुएँ से काला पड़ गया। फ्लैटों पर लगी नेम प्लेटें उखड़ गईं। बैठी चालों को मार-मारकर बिछा दिया गया। प्रगतिशील शायर दोस्त सुहैल कहानीकार विमल के घर छुपा रहा।

मैं पागलों की तरह प्रेस की गाड़ी लिए जगर-मगर करती बंबई का भूत हुआ चेहरा छूता फिर रहा था।

गोराई में जया का घर जला दिया गया था। उसकी पड़ोसन ने बताया, वह इलाहाबाद लौट गई है। शुक्र है कि जब जया का घर जल रहा था, वह 'जानम' में नाच रही थी। मैं हाहाकर करता हृदय और बरसती आँखें लिए जया के दर पर खड़ा हुआ था। जतन से जोड़े गए उसके कपड़े जहाँ-तहाँ से जले मलबा बने हुए थे। उसका टीवी टूटा हुआ था। उसका पलँग जला हुआ था। इस पलँग पर एक रात जया मेरे सूने जीवन को सुख से भर गई थी। उसकी किचन के बर्तन जहाँ-तहाँ बिखरे पड़े थे। इन बर्तनों में मैंने कितनी ही बार खाना खाया था। जया का घर नहीं था यह, इसमें मेरे सुखों के किस्से सुरक्षित थे। वे सबके सब अपनी स्मृतियों और चिह्नों सहित नष्ट हो गए थे।

इसी गली की जया की सहेली फातिमा के घर से एक रात मेरे लिए चिकन बिरयानी आई थी। फातिमा का पूरा घर नष्ट हो गया था। उसके पति को सरियों से पीट-पीट कर मार डाला गया था और पंद्रह गुंडों ने बारी-बारी से फातिमा को बलात्कार का दंड दिया था। फातिमा पागलखाने में थी। फातिमा के रूप को मैं चोरी-चोरी चाहता था।

जया की एक और सहेली विद्या को भीड़ ने पहले सामूहिक रूप से भोगा था फिर उसके ऊपर मिट्टी का तेल छिड़क कर आग लगा दी थी। आकाश के दोस्त अनवर को नेहरूनगर में जलते हुए भंगार में फेंक दिया गया था और कृष्णकांत दद्दू की दूसरी प्रेमिका शोभा बर्वे का स्कूटर तोड़, उसमें आग लगाकर शोभा बर्वे को उस आग में झोंक डाला गया था। असल्फा गाँव में दस बच्चे तंदूरी चिकन की तरह भून दिए गए थे और माहीम में रहने वाले उर्दू के एक बड़े कहानीकार की किताबें सड़क पर धू-धूकर जल रही थीं।

मैं 'इंद्रधनुष' के लिए सर्वे करता घूम रहा था और मेरा दिल कतरा-कतरा कट रहा था।

मालवणी का छह वर्षीय पुत्र संजय अपनी माँ से पूछ रहा था कि वह अपनी टीचर जुबेदा के घर ट्यूशन पढ़ने जाए या नहीं? मालाड की सरिता ने घर के कपड़े अपने पुराने धोबी सुलेमान के पास भेजने बंद कर दिए थे। चारकोप का दस साल का अजय वर्मा अपने सबसे पक्के दोस्त इब्राहीम से कतराने लगा था। अँधेरी की सैयदा अपने प्रेमी राकेश वर्मा से पूछ रही थी—तुम्हारे लोगों ने हमारी मस्जिद क्यों गिरा दी? राकेश ने चिढ़कर कहा था—तुम्हारे लोगों ने हमारे लोगों की बस्तियों पर पेट्रोल बम क्यों फेंके थे? एक इमारत के लिए तुम लोग इंसानों को जिंदा जला दोगे? मैंने पूछा था उनसे कि तुम लोगों के पवित्र प्रेम के बीच में कौन

तुम्हारे-हमारे घुस आए हैं ? वे हक्के-बक्के थे। मैं बदन पर रोंगटे लिए कुर्ला में घूम रहा था जहाँ नकवी परिवार के घर से आया मटन का कटोरा पहली बार सक्सेना परिवार ने गटर में फिंकवा दिया था। क्या पता उसमें जहर हो। खार डाँडा के महफिलबाज जिंदादिल शायर का घर भूतों का डेरा बन गया था।

भायंदर का एक प्रगतिशील वकील मुझसे पूछ रहा था—ये हमारे ही देश में रहकर हम पर ही गुर्राएँगे ? बोरीवली के एक छात्र ने मुट्ठियाँ तानकर सवाल किया था—क्या हम अपने ही देश में दोयम दर्जे के नागरिक बनकर रहेंगे ?

अस्पतालों में लाशें सड़ रही थीं। जोगेशवरी की जो लड़की अनाथ हो गई थी, वह पूछ रही थी, मुझे अब कहाँ जाना है ? सायन स्टेशन पर खड़ी एक बूढ़ी औरत को धारावी जाना था। कह रही थी—"उधर मेरी बेटी अकेली हो गई है, उसके मरद को मार डाला।"

दोनों तरफ के जो सैकड़ों लोग मारे गए थे, उनके मरते ही उनसे जुड़ी कितनी ही दुनियाएँ नष्ट हो गई थीं। रोजाना हजारों की तादाद में बंबई में बसने के लिए दादर, वीटी, बंबई सेंट्रल उतरते लोगों का क्या हुआ। मेहनतकश लोग बंबई छोड़कर जाने के लिए रोजाना वीटी पर जमा हो रहे थे।

इस नष्ट-भ्रष्ट बंबई की सड़कों-गलियों-चौबारों में भटकता मैं उस बंबई को ढूँढ़ रहा था जिसमें मैंने बड़े प्यार से पाँव धरा था।

बहुत आहत है कृष्णकांत दद्दू। कह रहा है, अब मैं किसी इनायत अख्तर का कालर पकड़कर मुसलमानों की तंग जेहनी की शिकायत नहीं कर सकता। किसी शमीम अब्बास के साथ बैठकर पाकिस्तान के टेस्ट हारने का जश्न नहीं मना सकता। किसी साजिद रशीद से सवाल दर सवाल नहीं कर सकता। जिस शहर में मैं आधी-आधी रात तक मस्तान तालाब के कबाब और कोलाबा के बड़े मियाँ की दूकान की बैदा रोटी खा-खाकर जिया, उस शहर की लाश मेरे सामने क्षत-विक्षत पड़ी है।

क्या अब भी बंबई मेरा पहला प्यार है। मैं खुद से पूछ रहा था और आईना देखने से घबरा रहा था। बंबई को घुन लग गया था।

अठारह

दिल्ली में अखबारों का घमासान मचा हुआ था। रोज किसी-न-किसी नए अखबार के आगमन की सूचना मिलने लगी थी। मेरे पास बंबई जाने का आश्वासन था इसलिए मैंने नए अखबारों में नौकरी की तफ्तीश से खुद को दूर रखा हुआ था। आसपास के योग्य, अयोग्य, बेकार सब पत्रकार नौकरियों पर चले जा रहे थे। अकेला मैं ही सड़क पर खड़ा हुआ था। और तो और मेरा छोटा भाई राकेश भी एक अखबार में अपने दम पर नियुक्ति पा गया था।

मैं ईश्वर के साथ रातों को सड़कों पर भटक रहा था।

एक शाम 'जनशक्ति' की सीढ़ियों पर बैठकर सिगरेट पीते हुए मैंने अक्षत से पूछा, "आलाकमान से हरी झण्डी कब मिलेगी ? इंतजार कितना तो लंबा हो गया है।"

अक्षत चैन से बैठा रहा। फिर बोला, "ये जो रोजाना कुकुरमुत्तों की तरह निकल रहे हैं अखबार ये सबके सब मालिकों का दो-चार पचास लाख रुपया बर्बाद करने के बाद नष्ट हो जाएँगे। आप देख तो रहे हैं, कैसे-कैसे पाजी लोग इनमें घुस गए हैं। आप इंतजार कीजिए। इंतजार का फल मीठा होता है। प्रभातजी ने 'हाँ' कर दी है तो समझिए कि वह हाँ अटल है। शहर का कोई भी तीसमारखाँ अब उन्हें इस 'हाँ' से हिला नहीं पाएगा।" अक्षत ने मुझे चैन थमाया। वह 'न्यू इंडिया टाइम्स' में किसी का फोन आ जाने पर मुझे नौकरी न मिल पाने की घटना से वाकिफ़ था।

और सचमुच इंतजार मीठा हो गया।

वह तेरह जून का दिन था। मेरी शादी की वर्षगाँठ। मैंने आशंकित मन से प्रभातजी को फोन कर दिया। यह सोचकर कि तेरह तारीख मेरे लिए शुभ रही है। क्या पता कोई शुभ समाचार मिल ही जाए। ज्यादा-से-ज्यादा यही तो होगा न कि इंतजार का वक्त थोड़ा और बढ़ जाएगा।

लेकिन प्रभातजी ने तो बुला लिया।

"कल मैं नहीं हूँ। आप परसों शाम को आ जाएँ।" उन्होंने कहा।

पंद्रह की शाम मैं 'जनशक्ति' में था। प्रभातजी दफ्तर नहीं आए थे। पता चला उनके दाँतों में तकलीफ है। शायद अब न ही आएँ।

'अब ?' मैं परेशान हो गया। 'जनशक्ति' के एक मित्र ने सलाह दी, "घर पर बात कर लो।"

लेकिन घर पर प्रभातजी को डिस्टर्ब करने की मेरी हिम्मत नहीं पड़ी। मैं इस पसोपेश में था कि आखिर उन्हें यह तो पता चलना चाहिए कि उन्होंने बुलाया था और मैं आया था।

मुझे दुविधा और चिंता में देख मेरे क्राइम रिपोर्टर मित्र राकेश जोशी ने कहा, "आइए भाई साहब, मैं बात करता हूँ।"

मैं राकेश के साथ फिर दफ्तर में चला गया। राकेश ने फोन पर बताया कि "सोमेंद्रजी आए हुए हैं, क्या करें वे ?"

"जी बहुत अच्छा।" ऐसा कहकर राकेश ने फोन रख दिया और बोला, "वे आ रहे हैं। आप उनके केबिन के बाहर इंतजार कीजिए।"

पहले खुशी हुई फिर दिल धड़कने लगा, पता नहीं क्या होगा ?

रात आठ बजे प्रभातजी आ गए। मैं कुर्सी से उठ खड़ा हुआ। वे मुझे लेकर केबिन में आ गए।

"बैठिए।" उन्होंने कहा फिर खुद भी बैठकर एक कागज़ पर कुछ लिखने लगे। फिर उस लिखे हुए कागज़ को उन्होंने एक लिफाफे के भीतर रखा। फिर खुद ही उस लिफाफे को चिपका दिया। फिर उस लिफाफे पर उन्होंने रोहित देव का नाम लिखा। फिर पूछा, " रोहित को जानते हैं न ?"

"जी, बहुत अच्छी तरह से।" मैंने तपाक से जवाब दिया। मुझे याद था कि मेरे उपन्यास पर दिल्ली में जो गोष्ठी हुई थी उसमें रोहितजी भी आए थे। तब मैं 'चौथी सत्ता' में था। फिर 'चौथी सत्ता' के संकटपूर्ण समय में मैंने रोहितजी को बंबई एक खत भी भेजा था।

"यह लीजिए। बंबई चले जाइए और यह रोहित को दे दीजिए।" प्रभातजी खड़े हो गए। मैं भी खड़ा हो गया।

"जी कब जाना होगा?" खुशी से मेरी आवाज़ लरज़ रही थी।

"कल ही चले जाएँ।" प्रभातजी बोले, " सोमवार से दफ्तर करने लगिए।"

यह शुक्रवार की घटना थी। यानी मुझे शनिवार को पश्चिम एक्सप्रेस पकड़कर रविवार को बंबई में होना चाहिए। मैं सोच रहा था।

प्रभातजी ने मेरा कंधा पकड़ लिया था। मेरा कंधा पकड़े-पकड़े ही वह गलियारा पार करते हुए दफ्तर के बाहर खड़ी अपनी कार तक आए। रास्ते में उन्होंने कहा, "हम रिश्तों को बड़ा महत्त्व देते हैं। जाइए,जाकर प्यार से काम करिए। किसी से कोई झगड़ा-टंटा न होने पाए।"

"नहीं होगा।" मैंने जवाब दिया था।

"जाइए। शुभकामना।" प्रभातजी कार में बैठने जा रहा थे। मैंने लपककर उनके पाँव छू लिए। कार चली गई तो मैंने अपने कंधे को स्पर्श करते हुए कहा, "भगवान कसम, अब इस कंधे पर कोई ऐरा-गैरा हाथ नहीं रखने पाएगा।"

मैंने देखा मेरी दोनों आँखों से पानी बह रहा था। प्रभातजी केवल मेरे लिए ही दफ्तर आए थे और मुझे बंबई जाने का आदेश देकर चले गए थे। मुझे मालूम था कि वह दाँतों के दर्द से पड़प रहे थे। फिर भी···।

"ईश्वर तुम इस समय कहाँ खड़े हँस रहे हो?" बहादुरशाह जफर मार्ग के उस रास्ते पर खड़ा होकर मैंने रात नौ बजे सोचा, "जाते-जाते मिल नहीं पाऊँगा तुमसे। लेकिन तुम पूरी ताकत से हँसते रहना···अगर ईश्वर ने चाहा तो ईश्वर दत्त, तुम्हारी हँसी के साथ बहुत जल्द मेरी हँसी भी आ मिलेगी।"

उन्नीस

एक हँसते-खिलखिलाते शहर की जीवंत हँसी को लकवा मार गया था। जगह-जगह हुए बम विस्फोटों ने बंबई के परखचे उड़ा दिए। मैं टॉयलेट में था जब एक जोरदार धमाके ने कान के पर्दे फाड़ डाले थे। तेजी से निकलकर काँपता हुआ अपने केबिन में आया तो देखा अगल-बगल का काँच मेरी मेज पर गिरकर चकनाचूर हो गया था। तीन-चार नुकीले और बड़े टुकड़े कुर्सी पर भी पड़े थे। यानी अगर एक मिनट पहले मैं उठकर टॉयलेट न गया होता तो यह काँच मेरे सिर पर गिरकर फूटना था। मेरी आत्मा तक हिल गई।

तब तक पूरी बिल्डिंग में शोर और अफरातफरी मच गई थी। लोग तेज़ी से बाहर भाग रहे थे। सीढ़ियाँ लोगों से पट गई थीं। पहली बार पता चला कि हमारी बिल्डिंग में कितने हजार लोग काम करते हैं। जिस विस्फोट से हमारी बिल्डिंग के काँच टूटे, वह विस्फोट बगल की एयर इंडिया बिल्डिंग में हुआ था।

फिर विस्फोटों का सिलसिला शुरू हो गया। लगता था बिना चेतावनी के आधी रात

दुश्मन का हमला हुआ है। शेयर बाजार उड़ा, सेंचुरी बाजार उड़ा, पासपोर्ट ऑफिस उड़ा और फिर उड़ी अफवाहें कि यह बिल्डिंग गई, वह बिल्डिंग गई। शहर फिर लाशों से पटा पड़ा था। इस सिरे से उस सिरे तक कोहराम मचा हुआ था। एक बदहवास बूढ़ा आदमी हाथ में किसी का सिर लेकर भागा जा रहा था। कोई दूसरा घिसटता हुआ चिथड़ा हो चुके, अपने बदन से दूर जा पड़े हाथ को उठाने आगे सरक रहा था। लोगों को उनके घरों-दफ्तरों तक ले जाती एक डबल डेकर बस पासपोर्ट ऑफिस के पास अनार की तरह बिखर गई। सजी-धजी रंगीन बंबई एक बार फिर विधवा की माँग-सी उजड़ी पड़ी थी। आतंक की चादर फिर एक बार पूरे शहर के आसमान पर तन गई थी। दहशत ने लोगों के मन दबोच किए थे। देश की आर्थिक राजधानी की कमर की रीढ़ टूट गई थी।

मैं एक बार फिर गमगीन चेहरा लिए पूरी बंबई में भटक रहा था। मुझे बंबई की उस संस्कृति का मर्सिया दर्ज करना था जो अब यादों में वक्त-बेवक्त टीस की तरह काँपा करेगी।

नहीं, यह वह बंबई नहीं है जिसे मैंने डूबकर प्यार किया था। मुंबई माझी लाडकी। बंबई से मुझे अतिशय प्यार है। आई लव बांबे। क्यों ? क्योंकि बंबई बंबई है। उसके मुकाबले का एक भी शहर हिंदुस्तान तो क्या पूरी दुनिया में कहीं नहीं है। और यही बंबई मेरे सामने ध्वस्त हुई पड़ी थी।

दिल्ली से ईश्वर दत्त ने पूछा है—"बंबई में जो हुआ उसके बाद क्या तुम्हारा मन अब भी वहाँ रहने को करता है ?" जोधपुर से कथाकार दोस्त हबीब कैफी ने लिखा है—'बंबई दो बार फुँकी, इंसानी लाशों पर भेड़ियों ने जश्न मनाया और दहशत इधर भी तारी हुई।' फैजाबाद से एक और दोस्त योगेंद्र आहूजा ने लिख भेजा है—'बंबई में मारकाट, आगजनी, छुरेबाजी की खबरें आती रहीं, जिन्हें पढ़कर हम निद्राहीनता और दुःस्वप्नों के बीच जीते रहे। बंबई क्यों धू-धूकर जली ? नरभक्षियों जैसा उन्माद और जुनून बंबई की नसों में कहाँ से उतरा ? आने वाले समय के बारे में सोचकर डर लगता है। साहित्य, संस्कृति, विज्ञान, दर्शन सारा कुछ बेमानी हो गया। बहुत अकेला अनुभव कर रहा हूँ। तुम कैसे हो ?'

मैं कैसा हूँ जो बंबई में हूँ। कैसा हो सकता हूँ मैं ? मैं पागल हो गया हूँ और बंबई के उन इलाकों में भटक रहा हूँ जिनके कारण बंबई बंबई थी। मैं बंबई क़ी उन रातों को ढूँढने की कोशिश कर रहा हूँ जिन रातों ने लोगों को बंबई से प्यार करना सिखलाया है। वे रातें जो किसी भी दूसरे शहर के लिए सिर्फ एक सुनहरे ख्वाब सी दुर्लभ और अप्राप्य हैं। बंबई में सिर्फ लोग और घर ही नहीं जलाए गए…उसकी हसीन, चर्चित और बेशकीमती रातों को भी कत्ल किया गया है।

मैं रो रहा हूँ क्योंकि अगर रात ही नहीं है तो बंबई का कोई मतलब ही नहीं है। हत्यारों को नहीं पता कि उन्होंने कितना संगीन अपराध किया है। उन्होंने एक ऐसे शहर की छाती पर बुलडोजर चलाए हैं जिस पर पूरे हिंदुस्तान को कोहेनूर की तरह अभिमान था।

मैं गोराई में हूँ। खाली नाव लहरों पर अनाथ शिशु की लाश-सी डोल रही है। समुद्र की छाती पर रात का शव पड़ा था।

मैं बोरीवली के नेशनल पार्क में हूँ। शाम के साढ़े पाँच बजे कुल मिलाकर छह लोग। वे इतने डरे हुए थे मानो घूमने नहीं, कत्ल होने आए हों।

यह मार्वे का समुद्रतट है। शाम साढ़े छह बजे। जनशून्य। एक भी आदमी नहीं। सन्नाटा इतना दहशतजदा की कलेजा मुँह को आए। समुद्र मुझे माफ करना। बहुत देर तक तुम्हारा साथ नहीं दे सकता मैं, इसके बावजूद कि कभी रात के नौ-नौ बजे तक तुम्हारी रेत पर लेटा रहा हूँ मैं। मैंने समुद्र से माफी माँगी और आम्सा बीच चला आया हूँ। दूर तक खिंचा हुआ सन्नाटा, दूकानें बंद। यह बताने वाला एक भी शख्स नहीं कि रात दस-ग्यारह बजे तक गुलज़ार रहने वाले इस इलाके को किसने बनवास दिया है। ऑटो वाला वापस चलने की ज़िद करने लगा है, "आप तो अखबार वाले हो लेकिन मुझ गरीब के परिवार पर रहम खाओ। अब चलो, वरना मैं जाता हूँ।" और उसने ऑटो स्टार्ट भी कर दिया है। दूर समुद्र की लहरें पछाड़ खा रही हैं। खुद को इतना अकेला उन्होंने शायद कभी नहीं पाया होगा? यहाँ की दूकान वालों के चूल्हों पर कैसी गाज गिरी होगी? मैं सोच रहा हूँ।

मैं बांद्रा बैंड स्टैंड पर आ गया हूँ। बंबई का मशहूर लव स्पॉट। प्यार करने वाले जोड़े यहाँ बेखटके आते थे और समुद्र की गवाही में उसकी मजबूत चट्टानों पर घंटों आलिंगनबद्ध रहते थे।

इस बैंड स्टैंड पर मैं विमल की लाल मारुति में दर्जनों बार आया हूँ। हमने देर रात तक कार में बैठकर शराब पी है। किनारे की कच्ची सड़क पर दूर तक कारों का जमघट चला जाता था। तरह-तरह की कारें। एक-दूसरे से सम्मानजनक दूरी बनाए खड़ी कारें। किसी कार से गिलासों की खनखनाहट उभर रही है तो किसी कार में प्यार में डूबी मदमस्त हँसी बज रही है। भले लगते शीतल अँधेरे के बीच उत्तप्त चुंबनों का स्वर हवा में भटकता था। दूर किसी चट्टान से कोई जोड़ा उठता था और एक-दूसरे का हाथ थामे सँभल-सँभलकर सड़क की तरफ बढ़ जाता था—अब घर जाना है। रात तेजी से गहरा रही है। सड़क के पार जगमग करती दूकानों से छोटे-छोटे छोकरे सोडा, पानी, सिगरेटें ला-लाकर कार वाले ग्राहकों को पकड़ा रहे हैं, बदले में बख्शीश पा रहे हैं।

यह मशहूर बैंड स्टैंड अब अतीत हुआ। रात बारह बजे तक आबाद रहने वाला यह लव स्पॉट रात आठ बजे ही इतना उजाड़ था कि दिल अवसाद में डूब गया। कहाँ गए प्यार करने वाले? ऐ चट्टानों, ऐ समुद्र, हमें माफ करना। मैं बुदबुदा रहा था। हमारी गलियों में कर्फ्यू है। हाय ओ रब्बा··· । नइयो लगदा दिल मेरा··· ।

और वह जुहू कहाँ गया जिसे देखने के लिए पूरे हिंदुस्तान से भागे चले आते हैं लोग। मैं चकित खड़ा था। कहाँ गया वह जगमगाता, कोलाहल में डूबा, रेत और लहरों पर खिलखिलाते परिवारों का साथी जुहू। भेलपूरी खिलाता, गुब्बारे उड़ाता, घोड़ागाड़ी में दौड़ता, प्रेमी जोड़ों की मस्ती को हवा देता, बच्चों की किलकारियों का शाश्वत गवाह। रात के बारह बजे मैं इसके समुद्र में नारियल पानी में रम मिलाकर भीतर उतरा हूँ, रेत पर घरौंदे बनाकर उन पर अपना नाम लिखा है। पानी में डूबी चट्टानों पर बैठकर समुद्र के संगीत को सुना है··· । इस जुहू का भी अब वध हुआ। वहाँ अब अपना सिर धुनता हुआ केवल समुद्र था, डरावना और एकाकी समुद्र। जुहू की जीवंत रात मारी जा चुकी थी। चारों तरफ के सन्नाटे में चुपचाप उग आई एक दैत्याकार दहशत का राज था वहाँ। मरे मन के भीतर निरर्थकता का अहसास लिए मैं ऐसे लौट रहा था वहाँ से जैसे किसी शव-यात्रा से लौट रहा हूँ।

मैं लौटा और सांताक्रुज से ट्रेन में चढ़ गया। रात केवल नौ बजे लोकल ट्रेन में मनचाही सीट पाने की यह सुविधा नहीं चाहिएं थी मुझे। इतने कम लोग तो लोकल में मैंने कभी नहीं देखे थे, जो थे वे इतने चुप, भयाक्रांत और चिंतित कि डर लगता था। कहाँ गई बंबई की वह बिंदास मस्ती जिसके सहारे लोग बड़े से दुःख को परास्त कर देते थे। पटरी के दोनों ओर खड़ी झोंपड़ियों-इमारतों की छतों पर जलते बड़े-बड़े बल्ब मन में दहशत जमा कर रहे थे। अपनी नींद में भी डरा हुआ है यह निर्भीक शहर। मैं अवाक् और हैरान था।

अब मैं फारस रोड पर टहल रहा था। पहले कभी यहाँ इतनी बेफ्रिकी से घूमने की हिम्मत नहीं पड़ी थी। बहुत हताश हैं फारस रोड की वेश्याएँ। अपने-अपने दड़बों के बाहर बनी-ठनी ज़रूर खड़ी हैं लेकिन सिर्फ सूने रास्तों को ताकते हुए। ग्राहक तो लौट गए अपने-अपने मुलुक। कोई फैजाबाद गया, कोई मुरादाबाद, कोई सुल्तानपुर लौटा तो कोई अलीगढ़। रहना नहिं, देश बेगाना है।

लेकिन फारस रोड की वेश्याएँ कहाँ जाएँ? रोटी का आकार उनकी जेब से बड़ा हो गया है। अचानक।

बहुत घंमड से बताता था कृष्णकांत दद्दू कि यह हिंदुस्तान का इकलौता ऐसा शहर है जहाँ रात को एक बजे भी लड़की सड़क पर सुरक्षित है। और इसी शहर में दो रोज़ पहले एक बीयर बार से रात नौ बजे लौटती नर्तकी से बलात्कार हो गया। अब रात दस बजे के बाद मुझे चर्चगेट पर नज़र नहीं आतीं लड़कियाँ। अब विभिन्न स्टेशनों से लास्ट लोकल में बार बालाओं के झुंड चढ़ते नहीं दिखते दद्दू। बेफिक्री और तन्मयता से हारमोनियम पर मुकेश या मोहम्मद रफी के गीत सुनाने वाले गायको, तुम कहाँ गए?

मैं भटक रहा था सूने पार्कों, वीरान समुद्रतटों, खाली शराबघरों और जनशून्य सड़कों पर यह बुदबुदाते हुए कि जब रात ही नहीं होगी तो बंबई का क्या करूँगा मैं? मेरे इस दुःख में पूरा शहर शामिल था। पूरे ही शहर का तो चेहरा उतरा हुआ था।

बीस

"इन दिनों दिल्ली में रहने को दिल नहीं करता। दिल्ली का चेहरा उतरा हुआ है।" ईश्वर दत्त की चिट्ठी आई है, 'अब रात-भर वे महफिलें नहीं जुटतीं। सब अपने-अपने दड़बों में बंद रहते हैं। रात तो पहले भी दिल्ली में नौ बजे खत्म हो जाती थी लेकिन अब तो रात होती ही नहीं है। साहित्यकार चार्टर्ड बसें पकड़कर शाम सात बजे तक घरों में दुबक जाते हैं। भीड़ पहले से ज्यादा और अराजक हो गई है। दिल्ली की सड़कों पर नई, हत्यारी रेड लाइन बसें दौड़ती हैं। पत्रकारिता के संसार में भारी निराशा और घबराहट है। कोकिला टाइम्स बंद हो गया है। तापमान टाइम्स भी बंद हो गया है। 'संडे मिरर' का देहांत हो गया है। 'शताब्दी मेल' की भी मृत्यु हो गई है। भाईसाहब अब 'उत्थान' में नहीं हैं। गगनेश बतरा चंडीगढ़ के अस्पताल में है। रवि प्रकाश अपनी पत्नी से फिर अलग होकर कहीं और रह रहा है। सतीश मोहन अपनी

जेरोक्स की दूकान बेचकर बंबई बसने के मूड में है। बहुत सारे पत्रकार सड़क पर आ गए हैं। बहुत सारे इलेक्ट्रॉनिक मीडिया में किस्मत आजमा रहे हैं। कुल मिलाकर बेहद पस्ती और सुस्ती का आलम है। तुम्हारे राष्ट्रीय कथा विशेषांक का जोरदार स्वागत हुआ है। लेग अचंभित हैं और उदास भी। मरती हुई पत्रिकाओं के इस दौर में 'इंद्रधनुष' ने आस जगाई है। टीवी पर पाँच मिनट तक उसकी सचित्र समीक्षा की गई। अपने हाल लिखना टैंटुल ! तेरे साथ दारू पिए बहुत दिन हुए। क्या मटन रोगन जोश अब भी तेरी प्रिय डिश है। लतिका को प्यार देना। बच्चों को दुलार। तेरा—ईश्वर।'

खत पढ़कर मैं हँस रहा था—ईश्वर की तरह। मैंने ईश्वर को लिखा—'मेरी हँसी तुम तक पहुँच रही है न ईश्वर ? तुम अब भी वैसे ही हँसते हो न ?'

इक्कीस

उन्हीं दिनों शहर में लल्लू जगधर आया।

मैं ईश्वर की तरह हँसा—हँ··· हँ·· हँ···पूरी तरह बनैली हँसी।

मैंने आकाश को फोन किया—लल्लू जगधर को विमल की गाड़ी में घुमाना है, होली डे इन में शराब पिलानी है, प्रीतम में खाना खिलाना है और बांद्रा के लिंकिंग रोड पर उसका वध करना है।

"फाड़ दो।" आकाश ने सहमति दी।

मैं फिर हँसा। मुझे मालूम था कि लल्लू जगधर का फोन आएगा। अब यह मुमकिन नहीं रह गया था कि दिल्ली वाला कोई शख्स बंबई आए और मुझे फोन न करे।

लल्लू जगधर ! मैंने याद किया। मेरी हथेलियाँ ईश्वर दत्त की तरह खुल और बंद हो रही थीं।

लल्लू जगधर मेरा दोस्त था। कामरेड दोस्त। उसकी कहानी 'काली सड़क' पर मैं पागल था।

उस लल्लू जगधर ने बहादुरशाह जफर मार्ग के एक होटल के बाहर पाँच लोगों के सामने मेरा कत्ल किया था।

मैं 'न्यू इंडिया टाइम्स' में सहीराम से मिलकर लौट रहा था। 'चौथी सत्ता' संपादक के घर से निकल रहा था। मुझे इस्तीफा दिए एक महीना बीतने को था। संपादक के घर से जो लोग 'चौथी सत्ता' निकाल रहे थे, उनमें लल्लू जगधर भी एक था। उसने अपने दफ्तर से छुट्टी ले ली थी और अखबार निकालने लगा था। असल में वह पत्रकार ही बनना चाहता था लेकिन वक्त ने उसे यह मौका नहीं दिया। वह भारत सरकार के एक संस्थान में लाइब्रेरियन हो गया और लोगों को किताबें 'ईशू' करने लगा। तभी उसके भाग्य से 'चौथी सत्ता' का छींका टूट गया और वह संपादक के घर से अखबार निकालने पहुँच गया।

मैं होटल के सामने से गुज़र रहा था कि लल्लू जगधर की नज़र मुझ पर पड़ गई। वह अपने पाँच, अखबार निकालने वाले मित्रों के साथ, शराब पीने के बाद खाना खा रहा था। शराब और खाना अखबार निकालने वालों को संपादक की तरफ से मिलता था।

"अरे क्रांतिवीर··· !" लल्लू उठा और मुझे घसीटकर अपनी मेज पर ले गया, " तुम तो दोनों तरफ से मारे गए···हा···हा···हा··· न हमारे साथ हो न अपने क्रांतिकारियों के साथ··· ।"

"जैसा भी हूँ ठीक हूँ।" मैंने कहा।

"ठीक कहाँ हो दोस्त।" लल्लू मुस्कराया, "कोई बता रहा था कि तुम्हारे घर में फाकों की नौबत आ गई है। च्च···च···च। कितनी बुरी बात है। ए वेटर, इधर आओ।" लल्लू ने वेटर को बुलाया और बोला, "ये खाना साहब के लिए पैक कर दो।" लल्लू ने अपने और अपने मित्रों के सामने बच गए जूठे खाने की तरफ इशारा करते हुए कहा।

"लल्लू ! मैं क्रोध से काँपने लगा था, "मत भूलो कि···"

"अबे चुप।" लल्लू दहाड़ा था और उठकर खड़ा हो गया था, "मारो स्साले को···" लल्लू चीखा था और उसके साथी आँखों में हिंसक तस्वीरें लिए उठ खड़े हुए थे।

मैंने सिर झुका लिया था। हो, अब यह भी हो। मैं पिटने को तैयार था। लल्लू ने मुझे एक लात जमाई थी और पलट गया था।

"चल फूट··· ।"

अपनी लाश को बहादुरशाह जफर मार्ग पर लावारिस छोड़ मैं सड़क के उस पार आ गया था और दिलदारपुर ले जाने वाली बस का इंतजार करने लगा था।

लल्लू जगधर। यह दुनिया बहुत छोटी है···मैं सोच रहा था···और आदमी जो भी करता है, अच्छा या बुरा, उसका फल अपने जीते जी भोग कर जाता है।

बस आई तो मैं चढ़ ही नहीं पाया। आत्महत्या क्यों नहीं कर पा रहा हूँ मैं ? मैंने सोचा था और उस काली रात में अपने चेहरे पर दो तमाचे जड़ दिए थे।

"सोमेंद्र···मैं जगधर··· ।" फोन आ गया था।

"कहाँ से ?" ईश्वर मेरे भीतर प्रवेश ले रहा था।

"बांद्रा से··· ।"

"तो बांद्रा में ही मिलो।" मैंने कहा।

"कितने बजे ?" वह पूछ रहा था।

"रात ठीक आठ बजे। इंडीकेटर के नीचे, प्लेटफॉर्म नंबर एक पर।" मैंने उसे समझाया, "रात को ऐश करते हैं।"

"मिल रहा हूँ।" लल्लू बोला था।

रात आठ बजे हमने लल्लू को इंडीकेटर के नीचे से थाम लिया।

"तुम तो बहुत तंदुरुस्त हो गए हो ?" लल्लू चकित था।

मैं हँसा—हँ··· हँ··· हँ··· !

"शराब होली डे इन में।" मैंने विमल को याद दिलाया।

कार हाली डे इन आ गई।

"खाना प्रीतम होटल में।" मैं हँस रहा था।

कार दादर जा रही थी।

"और वध बांद्रा के लिंविंग रोड पर।" मैंने आकाश को याद दिलाया।

कार बांद्रा जा रही थी। रात का एक बजा था। लल्लू जगधर परमताप में था और प्रसन्नता उसके पोर-पोर से टपक रही थी। विमल की कार मैंने 'लकी रेस्त्रां' के सामने रुकवा दी।

"हम कहाँ आ गए?" लल्लू जगधर पूछ रहा था।

"बहादुरशाह जफर मार्ग पर।" मैं हँसा फिर मैंने और आकाश ने उसका कॉलर पकड़कर कार से बाहर खींच लिया।

"ये क्या हो रहा है?" लल्लू चकित था।

"स्वागत!" आकाश गुनगुनाया।

"सोमेंद्र भाई।" लल्लू बोला।

"अबे चुप।" मैंने लल्लू को लल्लू का शब्द लौटाया।

"विमल भाई।" लल्लू ने याचना भरी दृष्टि विमल की तरफ दौड़ाई।

"अबे बेवड़े, तुझे पुलिस में दे दें क्या?" विमल दहाड़ पड़ा।

"तुमको भुगतना होगा।" अचानक लल्लू मुझे धमकाने लगा।

"चुप··· !" मैंने ढेरा सारा बलगम उसके मुँह पर थूक दिया। मेरे सिर पर जुनून सवार था। उसी जुनून में थरथराते हुए मैंने चप्पल निकालकर उसका मुँह लगभग तोड़-सा दिया।

लिंकिंग रोड के एक गटर के किनारे उसे फेंककर हम आगे बढ़ गए। वह बेहोश था।

मैंने अपने कत्ल का बदला ले लिया था लेकिन मेरे भीतर जोरों की रुलाई फूट रही थी।

"हे ईश्वर, मुझे क्षमा करना।" मैं बुदबुदाया, "मैं ऐसा होना नहीं चाहता था लेकिन इन कमीनों ने मुझे इसके लिए मजबूर किया।"

अपनी जिंदगी के इस बुरे दृश्य पर मैं दिल से शर्मिंदा था।

बाइस

सुबह मैं ईश्वर दत्त की ही तरह शर्मिंदा था। मैंने हिमांशु से माफी माँगी। उसका चेहरा तना ही रहा। फिर लतिका ने उसे यह कहकर मना लिया, "छोड़ो न, आगे की यात्रा का सारा मूड चौपट हो जाएगा। तुमको पता तो है इनकी आदत।"

हिमांशु मान गया था और पहले की तरह हँसने लगा था। फिर उसने मुझसे पूछा था, "आप हमेशा मुझे ही क्यों डाँटते हैं?"

"तो क्या सड़क चलते लोगों को डाँटा जाता है।" मैंने कहा, "जो अपना होता है उसे प्यार भी मिलता है और डाँट-फटकार भी।"

मैं, लतिका और हिमांशु ब्रह्मकुमारियों का कामकाज देखने माउण्ट आबू जा रहे थे। हिमांशु अब तक विविध भारती छोड़कर हमारे सांध्य दैनिक में आ गया था। सिर्फ वही नहीं बल्कि रविशंकर और विजय उनियाल भी उसमें आ गए थे। 'जनशक्ति' का सांध्य दैनिक धूम

से निकल रहा था। मैं 'इंद्रधनुष' की तरफ से और हिमांशु 'सांध्य जनशक्ति' की तरफ से कवरेज पर जा रहे थे।

प्रेस क्लब से मैं और हिमांशु परमताप में निकले। वह कुछ कम, मैं कुछ ज्यादा। इन दिनों वह मेरे कुछ ज्यादा ही करीब आ गया था। मैं रास्ते के लिए दो पैग पार्सल कराने लगा तो वह गुस्से से बोला, "आप भी हद करते हैं। पहले ही इतनी देर हो चुकी है। वहाँ प्लेटफॉर्म पर माताजी इंतजार कर-करके पागल हो गई होंगी।" हिमांशु पता नहीं क्यों लतिका को माताजी कहा करता था। उसे सुन-सुनकर कभी-कभी मैं भी लतिका को माताजी बोल दिया करता था। लतिका को स्टेशन पर मिलना था। पहले हमें अहमदाबाद पहुँचना था। वहाँ से सुबह ब्रंह्मकुमारियों की गाड़ी हमें मिलनी थी। खाना लतिका घर से लेकर आने वाली थी।

पार्सल किए हुए पैग मैं ट्रेन में बनाने लगा तो हिमांशु ने उन्हें छीन लिया, "हद करते हैं आप ? हमें सुबह पाँच बजे उतरना है। फिर सुबह आपसे उठा नहीं जाएगा। चलिए, खाना खाइए।" हिमांशु ने खाने का डिब्बा खोल दिया।

यहाँ तक ठीक था लेकिन उसने दोनों पैग खिड़की के बाहर फेंक दिए तो मेरा परम ताप बिखर गया।

"अरे! ऐसा तो कभी लतिका ने भी नहीं किया।" मैं काँपने लगा था। मैंने देखा कि अगल-बगल के लोग हमें देखने लगे हैं, तो खामोश रह जाना पड़ा। खामखा कोई सीन क्रिएट करना नहीं चाहता था मैं, लेकिन भीतर गुस्सा तो पछाड़ खा ही रहा था। मैंने डिब्बा झटका। अंडा करी और रोटियाँ थीं, मैंने ताबड़-तोबड़ दो रोटियाँ खाईं। पानी पिया और बाकी खाना खिड़की खोलकर बाहर फेंक दिया।

"भाड़ में जाओ तुमं और तुम्हारी माताजी।" मैंने कहा और सो गया।

सुबह तीन बजे मेरी आँख खुली तो देखा दोनों अपनी अपनी बर्थ पर तन्नाए हुए जाग रहे थे। मझे ईश्वरदत्त की आदत बहुत पहले ही लग चुकी थी। मैंने लतिका से पूछा, "रात मैंने अंडा करी खा ली थी क्या ?"

"जीऽऽ !" हिमांशु ने 'जी' को लंबा खींचकर जवाब दिया था, "सिर्फ आपने ही खाई थी।"

"अरे !" मैंने कहा था और फिर सो गया था।

इसी कांड से सुबह हिमांशु तन्नाया हुआ था। उसका गुस्सा वाजिब था। "देखो, ज्यादतियाँ अपनों के ही साथ होती हैं !' मैं बोला था, "लतिका को ही देखो, मेरे साथ रहकर कितने दुःख उठा चुकी है।"

"जीऽ !" हिमांशु बोला था, "आप डाटें-फटकारें, कुछ भी करें, लेकिन दवाई तो मैं ही लेकर आता रहूँगा आपकी।" वह बोला था और हम तीनों ठहाका लगाकर हँस पड़े थे।

असल में मेरी होम्योपैथी की दवाई जिन डॉक्टर दंपत्ति के यहाँ से आती थी वे मेरे पारिवारिक मित्र भी हो गए थे। हिमांशु उनके कलीनिक के पास ही रहता था। इसलिए प्रत्येक हफ्ते पिछले तीन साल से मेरी दवाई हिमांशु ही लेकर आ रहा था। कई बार वह डॉक्टर दपंत्ति से मजाक में पूछता भी था, "मेरी दवाई ले जाना कभी बंद भी होगा या नहीं ? कैसी दवाई है आपकी कि पेशेंट ठीक ही नहीं होता है ?"

"हम नहीं चाहते कि पेशेंट ठीक हो।" डॉक्टर दंपत्ति हँसने लगे थे, "अगर वे ठीक हो

गए तो यहाँ आना छोड़ नहीं देंगे ?"

मैं महीने में एकाध बार रात का खाना डॉक्टर दंपत्ति के ही घर खाता था।

तेइस

माउंट आबू से लौटा तो अचरज मेज पर बैठा था। मेरे पीछे मुझसे मिलने आने वालों में सबसे पहला नाम चंदनजी का था।

"अरे चंदनजी आए थे ?" मैंने अपने सहयोगी राजेश श्रीपाल से पूछा।

"हाँ।"

"हम लोगों के दफ्तर में ?" मैं अभी तक हतप्रभ था। दिल्ली में रविप्रकाश से मैं इसलिए नहीं मिल पाता था और फोन भी नहीं कर पाता था क्योंकि वह 'शाताब्दी मेल' में बतौर आर्ट डायरेक्टर लगा हुआ था।

"फोन करने में हर्ज है ?" रवि मेरी जिद पर झुँझलाकर पूछता था।

"तेरे को बोला न," मैं अपने अभिमान में खरा था, "जिस शख्स ने मेरे इतना करीब होते हुए भी मुझे अपने यहाँ नहीं रखा, मुझे उस तरफ झाँकना भी नहीं है। सचमुच, मुझे आज तक नहीं पता कि 'शताब्दी मेल' कैसा अखबार था ? उसमें क्या छपता था ? कौन-कौन छपता था ? मैंने कभी 'शताब्दी मेल' का दफ्तर पास तो क्या दूर से भी नहीं देखा था। "मैं उस दफ्तर का फोन नंबर भी डायल नहीं करना चाहता।" मैंने रवि को अपनी जिद से बारे में बताया था। और यही कारण था कि दिल्ली छोड़ते समय मैं चाहकर भी रवि से यह नहीं बता सका था कि मैं दिल्ली से जा रहा हूँ।

"खुद भी आए थे। फिर एक बार फोन भी आया था उनका।" राजेश मेरे अजरज को बढ़ाए दे रहा था।

"अच्छा ?" मुझे यकीन नहीं हो रहा था कि ऐसा भी संभव है।

आखिर चंदनजी का घर और दफ्तर का नंबर मिला। उन्होंने बंबई में एक प्रमुख चैनल को बतौर मीडिया डायरेक्टर ज्वाइन था। फोन पर बात कर एक इतवार मैं उनके घर पहुँचा।

बहुत-बहुत दिनों के बाद बहुत-बहुत करीबी दो लोग एक-दूसरे से बहुत-बहुत रूठे रहकर आखिर आमने-सामने थे।

इस बीच क्या-क्या तो नहीं हो गया था ?

राजीव गांधी की हत्या हो गई थी। 'न्यू इंडिया टाइम्स' के प्रधान संपादक निगम साहब का देहांत हो गया था। दिल्ली के बहुत सारे अखबार बंद हो गए थे। बहुत सारे नए अखबार शुरू भी हो गए थे। टीवी चैनलों से अश्लीलता की धारासार बारिश हो रही थी। ढेर सारे चैनल शुरू हो गए थे। बहुत सारे पत्रकार इलेक्ट्रॉनिक मीडिया में चले गए थे। कितने सारे जान-पहचान के लेखकों की मृत्यु हो चुकी थी। बाबरी मस्जिद ढहा दी गई थी। बंबई में पहले दंगे फिर बम विस्फोट हो चुके थे। लातूर के भूकंप में सैकड़ों लोग मारे जा चुके थे। बंबई में

शिवसेना भवन के बाहर बाल ठाकरे के आंतकराज का विरोध करने देश-भर के पत्रकार पहली बार इकट्ठे हुए थे। 'जनशक्ति' का कलकत्ता संस्करण शुरू हो गया था। 'न्यू इंडिया टाइम्स' के जयपुर, पटना, लखनऊ संस्करण बंद हो गए थे। ईश्वर दत्त असिस्टेंट स्टेशन डायरेक्टर हो गया था। देश और दुनिया के फलक पर जाने क्या-क्या तो नहीं हो गया था।

"आओ," चदंनजी बोले, "मुझे मालूम था कि तुम आओगे।" वह दरवाज़े से हट गए।

'मुझे मालूम है' उनके पहले कविता-संग्रह का नाम था। मैं सोफे पर जाकर बैठ गया।

"ऐसा लग रहा है जैसे घर से भागा बेटा बहुत बरस के बाद लौट आया है।" वे मुस्कराए।

"गलती किसकी थी?" मैं दो टूक था। यह दो-टूकपन भी मुझे उन्हीं से मिला था।

"शायद हमारी थी···या शायद नहीं भी थी···," वे अतीत की बर्फ पर फिसल रहे थे, "या शायद दोनों तरफ ही कुछ ऐसा था कि बात बिगड़ी तो बिगड़ती ही चली गई। तुम बिगड़ती बात को बनाने के लिए आए भी नहीं···।"

"आपने भी कहाँ बुलाया?" मैं बीते दुखों में खड़ा था।

"तुम्हारी तकलीफों की खबर थी हमें···तुम्हारी दैनिक गतिविधियों की खबर हमें नियम से मिल रही थी···।"

"तो फिर?"

"हमें लगता था कि शायद तुम आओगे···पर तुम नहीं ही आए···हमें बहुत तकलीफ होती थी···फिर हमने सोचा की आखिर ऐसा क्या हो सकता है कि तुम तकलीफ में भी न रहो और हमें भी न दिखाई दो···। फिर एक मौका आया···'मेल' के बंबई संस्करण को शुरू करने के वक्त···। हमने सोचा, हटाओ, तुमको मेल का बंबई संपादक बनाकर भेज देते हैं···हमने रामेश्वरदयाल के सामने अपनी यह इच्छा रखी भी···पर तब मालूम चला कि तुम तो ऑलरेडी बंबई जा चुके हो···। ये रखा है फोन···पूछो रामेश्वर से।" उन्होंने कहा और किचन में चाय बनाने चले गए।

जिन दिनों को दाग लग जाए वे धुल-पुछ कर पहले जैसी शक्ल में वापस आ सकते हैं क्या? मैं सोच रहा था और सिगरेट सुलगाने लगा था। एक कश लगाने के बाद मुझे ध्यान आया कि उनके सामने मैं सिगरेट नहीं पीता था।

वे आ रहे थे। उन्होंने देख लिया था। अब सिगरेट बुझाने का कोई अर्थ नहीं था। प्रहसन हो जाता। चाय मेज पर रखकर वह फिर किचन में गए और एक कटोरी ले आए। ऐश-ट्रे के रूप में।

"जब हम बंबई आ रहे थे तो हमने सोचा यह जो दिख रही है कश्ती इसी झील से गई है···," उन्होंने अपनी एक पुरानी और प्रिय कविता याद की, "हमने सोचा जब बंबई में काम करना है तो हम खुद तुमसे तुम्हारे दफ्तर में जाकर मिलेंगे···और हम आए।"

मैंने सिर झुका लिया।

"आपने मेल में मुझे क्यों नहीं रखा था?" मैंने सिर उठाया।

"हम नहीं चाहते थे कि हर समय तुम्हें अपने सामने देख-देखकर कुढ़ते रहें।"

"चौथी सत्ता वाली फाँस को लेकर?" मैं स्पष्ट कर लेना चाहता था।

"हाँ।"

"लेकिन उसके लिए मैं जिम्मेदार नहीं था।"

"पूरी तरह नहीं, आंशिक रूप से थे। और उसी का हमें मलाल था।"

"कैसे?"

" हम चार पत्रिकाओं और दो अखबरों के संपादक रहे हैं··· । हम यह कैसे मान लेते कि एक अखबार के चीफ सब-एडीटर को खबर लिखे जाने से लेकर छपने जाने तक इस बात की खबर ही नहीं है।" वे पूछ नहीं रहे थे, बल्कि अपनी राय पर दृढ़ थे।

"लेकिन सच यही है कि वह खबर मुझसे छुपाकर छापी गई थी।" मैं सचमुच सच्चाई पर खड़ा था।

"और छप जाने के बाद?" वे वास्तव में क्लेश से घिरे थे, "छपने वाले दिन···उसके एक, दो, चार, छह रोज बाद···," अब वह पूछ रहे थे, "दस दिन बाद भी तुम्हारा फोन आ जाता कि चंदनजी, ऐसी-ऐसी खबर छप गई है और मुझे इसका पता नहीं था तब भी हमको वैसा सदमा तो नहीं लगता, जैसा लगा था।"

उनकी यह बात सही थी। खबर छपते ही शहर में बिजली की तरह चमकती फिरी थी। खुद मेरे दो-एक दोस्तों ने मुझसे फोन कर पूछा था, "सोमेंद्र, तुम्हारे होते हुए यह कैसे हो गया?" उन्हें भी मैंने यही जवाब दिया था जो अपने घर में रामेश्वरजी को दिया था, "मैंने खुद वह खबर छपने के बाद पढ़ी।" तब यह ध्यान में ही नहीं आया था कि इस विषय पर चंदनजी के सामने अपनी स्थिति स्पष्ट कर दी जाए। शायद वह बेहयानी 'स्टारज़्इम' की तरफ बढ़ते जा रहे अखबार में काम करने के कारण आई हो।

"इसीलिए हम चाहते थे कि जब यहाँ आए हैं तो तुमसे मिलकर उस फाँस को निकाल डालें, जो इतने लंबे अरसे से हमारे भीतर चुभ रही थी।" उन्होंने कहा, " क्योंकि यहाँ रहना है तो कभी किसी फंक्शन में, पार्टी में, सेमिनार में, गोष्ठी में आमना-सामना होगा ही···ऐसे में फाँस लेकर जीना··· ।" वे बोले।

मुझे अचानक याद आया। कुछ बरस पहले एक लेखक की मृत्यु पर वह बंबई आए थे। वहाँ मैं भी था। मैंने उन्हें दूर से देखा था, उन्होंने मुझे। तब भी यह दुविधा बनी ही रह गई थी कि कैसे मिला जाए? और अंततः हम बिना मिले अलग हो गए थे।

"पूरे पौने छह साल तक मैं भी इस जख्म को लेकर जीता रहा हूँ।" मैंने कहा।

"तुम आ जाते तो शायद यह न होता।" वे बोले।

"यह तो फिल्मी सिचुएशन हो गई।" मैं हँसा, "हमसे आया न गया, तुमसे बुलाया न गया।"

वह भी हँसने लगे।

नहीं मालूम कि हम दोनों में से किसकी हँसी में ईश्वर दत्त बैठा था।

चौबीस

आँखों में नमी, हँसी लबों पर, क्या हाल है क्या दिखा रहे हो—आज सुबह से मैं ठीक इसी मनःस्थिति के साथ निरंतर मुठभेड़ में हूँ। लग रहा है कि धारासार स्मृतियों के बनैले अंधकार

में मुझे निहत्था छोड़ दिया गया है। शब्दों का सजग चयनकर्ता होने के बावजूद शब्द मेरा साथ छोड़ रहे हैं और मैं समझ नहीं पा रहा हूँ कि कहाँ से शुरू करूँ ? दरअसल मैं सुख और दुःख के बेहद नाजुक मोड़ पर खड़ा हुआ हूँ और समझ नहीं पा रहा हूँ कि मुझे किस तरफ निकलना है। आज दस अप्रैल है, उस दिन भी दस अप्रैल थी, मेरे उपन्यास पर निर्माणाधीन धारावाहिक के पहले एपीसोड की शूटिंग थी उस शाम और सुबह-सुबह यह बुरी खबर आ गई थी कि इंदु शर्मा चल बसीं। एक तरफ अपने रचे पात्रों को जीवित देखने का रोमांच था दूसरी तरफ एक जीवित रिश्ता जिंदगी से निकल गया था। इंदु शर्मा शुभ थी, सुंदर थी, कोमलतम थी। फिर भी वह हार गई थी। हेमेंद्र और इंदु से जुड़े सारे मित्र अवाक् थे और मैं एक ठोस सन्नाटे में जड़। अतीत में घटी अनेक घटनाएँ ओस की तरह निःशब्द झर रही थीं। एक रोज दफ्तर में लंदन से फोन आया था। इंदु भाभी लंदन से बता रही थीं कि मैंने कितना 'टची' उपन्यास लिख मारा है और उनकी सहेलियों में उसे पढ़ने की होड़ लगी है। इलाज के लिए अस्पताल ले जाते समय गाड़ी में इन्दु भाभी उन्हीं दिनों छपी मेरी एक कहानी पढ़ती रही थीं और बेहोश होने से पहले हेमेंद्र से कह गई थीं कि सोमेंद्र को बधाई जरूर दे देना। और वह पहली मुलाकात…जब मैं इंदु भाभी को देख चकाचौंध हो गया था—इतनी खूबसूरत और जहीन औरत का पति है यह हेमेंद्र ! मैंने सोचा था लेकिन दूसरे ही पल जब एक कोने में ले जाकर जीवंत हेमेंद्र हताशा से टूटकर फुसफुसाया था कि तुम्हारी भाभी को कैंसर है तो बदन का तमाम रक्त जैसे किसी ने सोख लिया था। ऐसी भयावह बीमारी से लगातार मुस्कराते रहकर भिड़ी रहने वाली भाभी को हम इतनी जल्दी खो बैठे, यकीन नहीं है। मेरे साथ यह हादसा घटता तो शायद मैं बच नहीं पाता। हेमेंद्र न सिर्फ बचा हुआ है बल्कि उसके संघर्ष में भाभी की जिजीविषा भी आ मिली है। हेमेंद्र की इस ताकत को सलाम और इस सम्मान के लिए इसलिए आभार कि इसके कारण मैं इंदु भाभी के थोड़ा और करीब आ गया हूँ। धन्यवाद।"

मैंने रुँधे गले और काँपते हाथों के साथ अपना यह एक पन्ने का वक्तव्य पढ़ा था और अपनी सीट पर आ गया था। इंदु भाभी को ऐसे मौके पर याद करना सचमुच यातना की लंबी, अँधेरी सुरंग को पार करने जैसा था। मेरे गुज़रे हुए वक्त में उस कैंसरग्रस्त औरत की आत्मीय सुंगध के गलीचे दूर तक बिछे हुए थे। लेकिन यहाँ किन-किन गलीचों पर लोट लगाता मैं।

मौका दूसरे इंदु शर्मा स्मृति सम्मान का था जो भाईसाहब की अध्यक्षता में हो रहा था। मंच और श्रोतागार में साहित्य, संस्कृति, रंगमंच, कला और पत्रकारिता के दिग्गज पुरुष बैठे थे। इसके बाद वक्तव्यों का सिलसिला था। दस हजार नकद और स्मृति-चिह्न लेने का अवसर था। शहर के जाने-माने रंगकर्मी ने उस मौके पर मेरी एक कहानी का पाठ किया था। सबसे अंत में भाईसाहब का भाषण था जिसका एक वाक्य हर श्रोता की ज़ुबान पर था—"सोमेंद्र की कहानियाँ पढ़ते हुए ऐसा लगता है जैसे एक बड़ी-सी बारात के पीछे-पीछे एक अर्थी भी जा रही हो।" आयोजन के बाद चंदनजी ने पूरे आयोजन को भावनाओं का ताजमहल कहा था और लोगों को मेरा संक्षिप्त वक्तव्य पसंद आया था।

बंबई में मेरे छह साल पूरे होने को थे।

भाईसाहब ने मुझे गले लगाया था और अगली सुबह की फ्लाइट से दिल्ली के लिए उड़ गए थे।

"अध्यक्षता कौन करेगा?" एक रात हेमेंद्र ने घर पर फोन करके पूछा था। तब यह पुरस्कार मेरे नाम घोषित हुआ ही था।

"जाहिर है भाईसाहब करेंगे।" मैंने कहा था, "उन्हीं से बात करो।"

"भाईसाहब?" हेमेंद्र चौंक गया था।

"हाँ।"

"पर उन्होंने तो तुम्हें अपने अखबार में नौकरी नहीं दी थी!" हेमेंद्र अभी तक चकित था।

"इसीलिए तो अध्यक्षता भाईसाहब ही करेंगे।" मैंने जवाब दिया था, "उनसे मेरे एक मित्र ने शिकायत की थी न कि वह क्या नौकरी करेगा, वह तो दिन-भर पीकर पड़ा रहता है। भाईसाहब को जानना चाहिए न कि मैं अच्छी तरह से नौकरी भी कर रहा हूँ और लगातार लिख भी रहा हूँ।"

"कमाल है?" हेमेंद्र ने अपने खालिस पंजाबी लहजे में कहा था।

मैं हँसने लगा था, "माई डियर हेमेंद्र, हर रास्ता अलग-अलग तरीके से तय किया जाता है।"

" चलो जी, हमें क्या? हमारा फंक्शन जोरदार हो गया, बस यही चाहिए भी था।" हेमेंद्र बोला था और 'गुडनाइट' बोलकर उसने फोन रख दिया था।

अगली रात मैंने ईश्वर दत्त को फोन किया, "ईश्वर, मैं दिल्ली आ रहा हूँ।"

"मैं हूँ न!" ईश्वर शायद उस पार हँसा था।

छह साल बाद दिल्ली में छह दिन

18 जून

पूरा दिन योगेंद्रजी के दफ्तर में बीता। कई बरस के बाद कई मित्रों से मिलना हुआ। रात को उनके दफ्तर में दारू कांड के समय मजा आ गया। 'कथा' पत्रिका का सर्कुलेशन मैनेजर सोमेश अरोड़ा भी होता तो मुझे अच्छा लगता। वह साहित्यकार नहीं है साहित्य बेचता है। मेरे साथ अखबारी दिनों से पहले एक प्रकाशन संस्थान में था। सरल और विश्वासी आदमी है। बेकारी के दिनों में भी उसने मुँह नहीं मोड़ा था। उन दिनों कितनी ही बार उसके साथ दरियागंज के जूस वालों के यहाँ जूस में रम मिलाकर पी गई थी। पुलिसवालों के डर से एक साँस में गिलास खाली करना होता था और सड़क पार जाकर गर्मागर्म टिक्की खानी होती थी। मौका लगा तो इस यात्रा में टिक्कीवाले और भाभी की दूकान पर भी जाऊँगा। कठिन दिनों में भाभी की दूकान ने राहत केंद्र जैसी भूमिका निभाई थी। गरीबी के साथ मित्रता और अपनत्व का रिश्ता पता नहीं कब से चला आ रहा है और कब तक चलता रहेगा। अरोड़ा टूर पर गया है। वह आए तो उसके साथ भाभी की दूकान पर जाकर पुराने दिनों की तरह कैंपाकोला में रम मिलाकर पी जाए और भाभी के हाथ का मिर्ची वाला मटन खाया जाए। अल्सर से बंबई में निपट लूँगा।

कितनी महत्त्वपूर्ण तारीख है 18 जून। इस दिन छह साल पहले मैंने बंबई जनशक्ति में नौकरी शुरू की थी।

19 जून

दोपहर 2 बजे तक ऊबे हुए सुखियों की तरह सोता रहा और भरे पेट वाली नहीं एसिडिटी वाली डकारें लेता रहा। एक गिलास नींबू-पानी पीकर फ्रेश होने गया। फिर एक गिलास छाछ पीकर पूरे घर को छू-छू कर देखता रहा। इस घर की दीवारों और छतों ने नौ महीने तक अनवरत चलते तूफान में ढाल की भूमिका निभा दी थी। जिन दिनों यह घर बनवा रहा था, उन्हीं दिनों शायद 1985 की एक दोपहर में मेरी नाक से भल-भल करता खून का फव्वारा छूटकर नीचे जमीन को भिगो गया था। शायद नकसीर फूट गई थी। शायद इसीलिए जब-जब लतिका ने कहा कि इस घर को बेच देते हैं, मुझे बुरा लगा। आखिर इसे बनवाने में मेरा खून बहा है।

सिगरेट सुलगाकर छत पर जाने लगा तो एक जमाने के बाद सीढ़ियाँ फिर से गिन डालीं—बराबर तेरह ही थीं! अंक तेरह पूरी दूनिया के लिए अशुभ होता होगा पर मेरे लिए तेरह ने अविस्मरणीय भूमिका निभाई है। मेरे विवाह की तारीख तेरह जून। लतिका का जन्मदिन तेरह अप्रैल। मेरे बड़े बेटे ऋषभ का जन्मदिन तेरह मार्च। तापमान की नौकरी तेरह

फरवरी। 'चौथी सत्ता' की नौकरी 13 सिंतबर। 'जनशक्ति' की नौकरी अठारह जून लेकिन उसके मिल जाने की सूचना 13 जून। मेरे घर की सीढ़ियाँ तेरह।

छत से दिलदारपुर अब दूर-दूर तक नहीं दिखता। पहले इस छत से कितने सारे लेखकों के घर दिखते थे। अब बीच में बहुत से मकान नए बन गए हैं और बहुत से पुराने मकान दुमंजिला हो गए हैं।

'चौथी सत्ता' के समय में गर्मियों की शामों में इस घर की छत पर बीसियों पार्टियाँ हुई हैं। बेकारी के दिनों में इस छत पर मैं एकदम अकेला ठीक इसी तरह घूमा करता था जैसे बगल वाली छत पर मेरा पागल भाई इस वक्त घूम रहा है—उद्विग्न, दिशाहारा, कमज़ोर।

छत पर बनी छोटी-सी कोठरी में मैंने छुट्टी लेकर अपना उपन्यास लिखा था छह दिनों में। कोठरी खोलकर देखी—मेरी किताबों वाली अलमारी अभी भी थी। अल्मारी में 'महाभारत' के वे दोनों भाग रखे थे, जो मैंने एक यात्रा के दौरान गोरखपुर से खरीदे थे। लतिका 'महाभारत' को यहीं छोड़ गई। उसे बंबई में महाभारत नहीं चाहिए।

छत पर माँ भी चली आई है। हुलसकर देख रही है अपने बेटे को जो निहत्था होने के बावजूद दिल्ली का चक्रव्यूह भेद कर सुरक्षित निकल गया था समुद्र वाले समुद्र जैसे शहर में। माँ ने समुद्र नहीं देखा है। माँ को समुद्र दिखाना है। माँ ने हवाई जहाज को भीतर से नहीं देखा है। वह यह सोच-सोचकर अचानक रोने लगती है कि उसका बेटा हवाई जहाज में उड़कर दिल्ली आया है।

सुखों के सामने पड़ते ही रो पड़ना शायद मेरे भीतर मेरी माँ से आया है।

आज कहीं नहीं जाना है। धर्मेश और नीलेंद्र और अजय बूढ़े फकीर को लेकर दफ्तर से जल्दी आने वाले हैं। आज दिलदारपुर की यह छत गुलजार होगी। धर्मेश कहा करता है महफिलों का पर्याय है सोमेंद्र। सोमेंद्र गया तो दिलदारपुर से महफिलें भी लेता गया।

चलूँ अपने पुराने मटन वाले इमरान के यहाँ से एक किलो गोश्त और ढाई सौ ग्राम कलेजी ले आऊँ।

मेरी माँ को बिना मसालों के भी जायकेदार गोश्त पकाने में महारत हासिल है। यह महारत उसने पिता के सतत बुरे दिनों के चलते अर्जित कर ली थी। पिता बुरे दिनों में रहते थे लेकिन कीमा, कलेजी, मछली और आलू-मटन के शौकीन थे। उनको इसी स्वाद की लत ने मारा था। क्या मैं भी ?

चालीस की उम्र में ऐसा सोचना पड़ता है। खास तौर से तब जब पेट में अल्सर हो और हफ्ते में एक बार रक्तपात भी होता हो।

नीचे उतरा तो वे दोनों बच्चे मिलने आए हुए थे जिन्हें लतिका ने कुछ महीने चार सौ रुपए पर पाला था। अपनी आंटी के बारे में पूछ रहे थे। बच्चे कितने बड़े हो गए ? तभी सामने से जाती सहीराम की बेटी दिखाई दी—जवानी की दहलीज पर जाती। क्या छह साल बहुत ज्यादा होते हैं, मैंने सोचा। इसका मतलब सहीराम तो बुड्ढा हो गया होगा। और रामकुमार ?

20 जून

यह पूरा दिन ईश्वर दत्त के नाम था। लेकिन यात्रा की शुरुआत ही कसैली हो गई। कॉलोनी के बाहर सड़क पर अपना नाई गर्मजोशी से मिला, "एकदम बंबई वाले लग रहे हो? पहचान में नहीं आते। आने में बहुत दिन कर दिए। वहाँ पर बाल कितने रुपए में कटते हैं?"

"बंबई वाले क्या अलग होते हैं?" मैं मुस्कराने लगा, "बाल बीस रुपए से लेकर पाँच सौ रुपए तक में कटते हैं वहाँ।" मैंने जानकारी दी।

"पाँच सौ रुपए?" वह गिरते-गिरते बचा, "ये तो हमारी दस दिन की कमाई हो गई।" फिर उसने मुझे ऊपर से नीचे तक गौर से देखा। मैंने किलर जीन की पेंट पर सिल्क का कुर्ता पहना हुआ था। पैरों में कोल्हापुरी चप्पल। कंधे पर चमड़े का बैग।

"बीड़ी पीते हो अब भी!" वह आशंकित था।

"पुरानी चीजें छूटती कहाँ हैं?" मैं आत्मीयता में था।

"तब तो एक बीड़ी हमारी तरफ से पिओ।" वह माचिस से दो बीड़ियाँ एक साथ जलाने लगा। मुझे उसकी यह अदा बहुत भली लगी।

"ऑटो कितनी देर में आएगा?" मैंने पूछा।

"बस आती होगी।" वह बोला, "लालकिले वाली भी, दरियागंज वाली भी। कहाँ जाना है?"

"कनॉट प्लेस।"

"तो बस अड्डे चले जाओ। वहाँ से दूसरी बस मिल जाएगी।"

"क्यों, कनॉट प्लेस का ऑटो नहीं मिलेगा?" मैंने पूछा।

"ऑटो…कनॉट प्लेस का…!" वह चकित हो बुदबुदाने लगा, "भजनपुरा से मिलेगा।"

शेयर ऑटो में बैठकर भजनपुरा आना पड़ा। रास्ते की धूल धक्कड़ से सब नहाया-धोया सत्यानाश हो गया। दिलदारपुर नहीं सुधरेगा। मैं बुरा-बुरा मुँह बनाता सोच रहा था। पूरा देश इक्कीसवीं सदी में चला जाएगा पर दिलदारपुर इन्हीं कीचड़-भरी गलियों में कवायद करता रह जाएगा।

ईश्वर दत्त दूरदर्शन के गेट पर खड़ा था। मैं ठीक दो बजे ऑटो से उतर रहा था। ईश्वर दत्त बहुत-बहुत प्यार से गले मिला और देर तक मिले रहा। मेरी आँखों में दार्जिलिंग, मसूरी, हरियाणा उतर रहे थे।

दफ्तर में वह जल्दी-जल्दी अपना काम निपटाता रहा। मैंने तब तक आठ-दस मित्रों से फोन पर बतिया लिया। उमेश उपाध्यायजी को मैंने सतीश मोहन की दूकान पर पहुँचने को रहा। उमेशजी बड़े लेखक थे। लेकिन मित्रता उनके लिए पहले दर्जे पर थी। बुरे दिनों में उन्होंने कोई मदद तो नहीं की थी लेकिन कभी अपमानित भी नहीं किया था। हम दोनों एक बार जोधपुर यात्रा के दौरान करीब आए थे।

साढ़े छह बजे मैं कुर्सी से चौंककर उठा।

"क्या हुआ टैंटुल।" ईश्वर कुछ लिख रहा था, "कुर्सी में खटमल हैं?"

"बहुत ही बुरा शहर है।" मैंने बुरा-सा मुँह बनाया।

"हैई। इसमें चौंकने की क्या बात है।" ईश्वर बोला, "इसको मैंने थोड़े ही बसाया था, "हुआ क्या?"

"सात बजे दूकानें बंद हो जाएँगी।" मैंने याद किया।

ईश्वर हँसा, "सुधर रहा है इस मामले में। अभी बंद का टाइम आठ तक चला गया है।"

मैं राहत की मुद्रा में वापस बैठ गया।

पौने आठ बजे हम शराब खरीदकर सतीश मोहन की दूकान पर पहुँचे। सतीश और उमेशजी लपककर गले मिले। पाँच मिनट बाद रविप्रकाश भी आ गया। अरे वाह! मजा आ गया। रवि को भी मेरे आने की भनक लग गई थी।

हम शटर गिराकर शराब पीने लगे। करीब दस बजे किसी ने शटर खटखटाया। सबने अपने गिलास छुपा दिए। पुलिस। मैंने सोचा। सचमुच गंदा शहर है। मुझे बंबई याद आ रहा था।

सतीश मोहन बाहर निकला। फिर आधे शटर से झाँककर बोला, "सुरेंद्र प्रकाश है। क्या करना है?"

सुरेंद्र प्रकाश! मेरे दिमाग में फुलझड़ियाँ छूटने लगीं। फुलझड़ियों लायक दारू पेट में पहुँच भी चुकी थी।

"उसको बोलो, चुपचाप लौट जाए।" मैं कड़वाहट से भर गया था। न चाहने के बावजूद मुझे वह वाला वाकया याद आ गया था जब उसने भाईसाहब से जाकर बोल दिया था कि "वह क्या नौकरी करेगा···" दूसरा वाकया वह जब उसने इसी दूकान पर शटर खोल कर बाहर आते हुए कहा था—"दोस्त, शराब मेरी है और मैं बेकारों पर अपनी शराब जाया नहीं करता।"

"ऐसा ही बोल दूँ?" सतीश झिझक रहा था।

"बोलो न!" ईश्वर गुर्राया, "जब टैटुंल बोल रहा है तो बोलो।"

दिल्ली में घुसते ही मुझे योगेंद्रजी के यहाँ पता चल गया था कि सुरेंद्र प्रकाश एक साल से बेरोजगार है।

सतीश उसे निपटाकर भीतर आ गया। उसने बता दिया कि भीतर सोमेंद्र है और फॉर्म में है।

फिर कविता पाठ का दौर शुरू हुआ। ईश्वर नें अपने केरल प्रकाश की कुछ कविताएँ सुनाईं। मैंने बंबई जाकर दार्जिलिंग की करमा डोलमा पर लिखी कविता सुनाई।

"लंदन से खत आते हैं करमा के।" ईश्वर मुस्कराया। मुझे अच्छा लगा। मैंने सतीश से वह कविता जेरोक्स करवाई और ईश्वर के बैग में रखवा दी, "इस कविता को मेरे नए पते के साथ करमा को भेज देना।"

"श्योर।" ईश्वर बोला और गुनगुनाने लगा, "अहा, कोई गीत गाएँ।"

अरे बाप रे। 'मैंने सोचा।' यह शुरू होने वाला है क्या?

होने वाला नहीं, वह शुरू हो चुका था।

उमेशजी उसे शुरू होता देख निकल गए। अब मैं, ईश्वर, रवि और सतीश थे। रात के बारह बज रहे थे। बंबई की कोई एक रात दिल्ली के कनॉट प्लेस में प्रवेश ले रही थी। शराब की दो बोतलें खत्म हो चुकी थीं और ईश्वर मेरे कंधे नोच रहा था—"कही से ला, कहीं भी चल।" मैंने याद किया, इस समय तक तो अनुपम निवास का बार भी बंद हो गया होगा।

तभी अलादीन के चिराग की तरह रवि प्रकाश अपने स्कूटर की डिक्की से रम का एक हाफ ले आया। वह भी खत्म हो गया। ईश्वर को और चाहिए थी। रात का एक बज रहा था।

"यह कितनी पीने लगा है ?" मैंने बहुत धीरे से सतीश से पूछा।

"एक बोतल।" सतीश मुस्कराया, "तुमको गए छह साल बीत चुके हैं।"

"मेरा टैंटुल आया है···और किसी के पास शराब नहीं है।" ईश्वर सिसकने लगा, "लेकिन मैं हूँ न !" वह बोला और उसने अपने बैग से 'रायल चैलेंज' का अद्धा निकाल लिया।

सतीश की दूकान का शटर खुला तो दो बजे थे। दिशाएँ खो गई थीं और कनॉट प्लेस अँधेरे में डूबा हुआ था।

कनॉट प्लेस की यह शक्ल देखकर मैं डर गया। मुझे याद आया—दादर, अँधेरी और बांद्रा में इस वक्त भी लोग जगर-मगर करती रोशनी के बीच बड़ा पाव खा रहे होंगे। नींबू पानी पी रहे होंगे। चर्चगेट से विराट जाने वाली आखिरी लोकल इस समय कांदिवली के आस-पास होगी। आकाश अभी-अभी घर पहुँचा होगा और लतिका स्टार टीवी पर कोई फिल्म देख रही होगी।

रवि और सतीश अपने-अपने स्कूटरों पर निकल गए।

दिलदारपुर की आखिरी बस अब से चार घंटे पहले जा चुकी थी और ईश्वर के घर जाने के लिए कोई ऑटो नहीं था।

"टैंटुल, अब हम कहाँ जाएँगे ?" ईश्वर रो रहा था।

"मैं हूँ न !" मैं मुस्कराया, "अनुपम निवास।"

अनुपम निवास पाँच मिनट की पैदल दूरी पर था। मैं ईश्वर को थामे होटल में घुसा। पंद्रहवें माले के अपने कमरे की चाबी खोलकर भीतर घुसा तो ईश्वर पलँग पर गिर गया। बोला, "टैंटुल, तू अमीर हो गया है क्या ?"

"नहीं।" मैंने कहा, "मैं कर्ज लेकर घी पी रहा हूँ।" मैंने पर्स से क्रेडिट कार्ड निकालकर ईश्वर को दिखाया और बिना कपड़े बदले बिस्तर पर जा गिरा।

21 जून

आँख खुली तो देखा, ईश्वर जा चुका था। दो बज रहे थे।

अरे बाप रे ? मैं चौंक कर उठा, ईश्वर तो ड्यूटी पर होगा। नहाने-धोने और खाना खाने में साढ़े तीन बज गए। मैंने 'कथा' में फोन किया। सोमेश अरोड़ा दूर से लौट आया था और फोन पर चहक रहा था, "आज की शाम सिर्फ मेरे नाम।"

"मंजूर है," मैं बोला, "तुम भाभी को सौ रुपए दे आओ। मैं आकर देता हूँ। भाभी से बोलो शानदार मटन बनाए···ऐसा कि जिसकी खुश्बू बंबई तक साथ जाए।"

"आइए," सोमेश बोला।

मैंने फोन रख दिया और होंठ गोल कर सीटी बजाने लगा। अभी बहुत समय था। मैं फिर सो गया।

रात आठ बजे मैं, सोमेश और भाभी एक साथ थे, भाभी की दूकान पर। बंबई की भाषा

में भाभी दरियागंज की 'भाई' थी। पुलिस वाले तक उससे घबराते थे। भाभी की चाय और कोल्ड ड्रिंक्स की दूकान थी। लेकिन वहाँ धड़ल्ले से शराब पी जाती थी। भाभी खुद भी शराब पीती थी।

मैंने मटन के सौ रुपए अरोड़ा को दिए तो वह बोला, "भाभी को दे दो।" मैंने भाभी को सौ रुपए दे दिए। दारू के पैसे अरोड़ा को देने लगा तो बोला, "जूते मारने के लिए आए हो क्या ?"

मैंने अरोड़ा के गाल चूम लिये।

"बहुत दिनों बाद आए।" भाभी मस्ती में आ रही थी। उसके पेट में तीन पैग शराब जा चुकी थी, "मेरे बेटे को बंबई में लगवा दो कहीं।" मैंने लगवा दिया। पाँच पैग मेरे पेट में भी जा चुकी थी। कितना अद्भुत होता है 'तलछट' का जीवन। मैं सोच रहा था।

"लो, मुझे चार आने में खरीद लो।" गोर्की के नाटक 'तलछट' का एक पात्र सड़क पर शराब पीकर बड़बड़ा रहा था।

भाभी के हाथ का बना मिर्ची वाला मटन पाँच सितारा होटलों के स्वाद को पीट-पीटकर पस्त किए दे रहा था। फिर से रात का एक बज गया था। इस शहर की सारी बसें सब जगह के लिए जा जुकी थीं। मैं बंबई में इस वक्त चर्चगेट पर होता था।

"कल पक्का रक्तपात होगा।" मैंने सोचा और आँख-नाक से बहते पानी को रूमाल से पोछने लगा।

वह मटन ही क्या जिसे खाकर आँख-नाक झड़ने न लगे। भाभी मुस्कराई और उसने अरोड़ा को आँख मार दी। शराब पीकर भाभी अश्लील हो जाती थी।

अरोड़ा ने मुझे अपने स्कूटर पर अनुपम निवास छोड़ दिया।

22 जून

आज दिन में सिर्फ तीन काम किए। 'जनशक्ति' जाकर प्रभातजी का आशीर्वाद ले आया। हृदयेशजी समेत तीन-चार मित्रों से मिला। अक्षत से मुलाकत नहीं हुई। उसने इस्तीफा देकर अपनी खुद की फीचर एजेंसी खोल ली थी।

मिल सकने की संभावना को लेकर सहीराम और रामकुमार को फोन किए। सहीराम ने पूछा, "न्यू इंडिया टाइम्स आ सकते हो ?" मैंने कहा, "नहीं।" और फोन काट दिया। रामकुमार को 'कथा' कार्यालय आने पर भी आपत्ति थी और अनुपम निवास आने पर भी। "आखिर तुम्हारी प्रॉब्लम क्या है ?" मैंने पूछा, "नौकरी पर हो न ?" उसने जवाब नहीं दिया। बोला, "कब जा रहे हो ?" मैंने कहा, "कल शाम राजधानी से।" वह बोला, "स्टेशन आता हूँ।"

"तुम्हारी इच्छा," मैंने कहा, "लेकिन स्टेशन पर सिर्फ देखादेखी हो पाएगी।"

"क्यों ?" उसने पूछा।

"खुद ही देख लेना।" मैंने जवाब दिया और फोन रख दिया।

तीसरा काम होटल से लतिका से बतियाने का किया। वहाँ सब ठीक-ठाक था।

23 जून

नौ महीने के नौ सौ आँसू मेरा एक रूमाल बीनने में असमर्थ है।

छह साल बाद छह दिन दिल्ली रहकर मैं वापस लौट रहा हूँ। कल दोपहर से पहले ही घर पहुँच जाऊँगा, लतिका के पास। वह मटन रोगन जोश बनाकर मेरी राह देख रही होगी। दिल्ली के छह दिनों का एक-एक पल जब तक वह पूछ-कुरेद नहीं लेगी, उसे चैन नहीं आएगा। अभी रात के नौ बजे हैं। वह टीवी के सामने बैठी टाइम पास कर रही होगी या हार्दिक को पढ़ाई करने के लिए हड़का रही होगी। बीच-बीच में घड़ी देखकर वह अनुमान लगाती होगी कि मेरी ट्रेन कहाँ पहुँची होगी। कल सुबह से वह फोन लेकर बैठ जाएगी और पश्चिम रेलवे के मेरे डिप्टी जी. एम. दोस्त को पूछ-पूछकर परेशान कर देगी कि गाड़ी लेट तो नहीं है? योगेंद्रजी के दफ्तर में जमी महफिल इस समय तक बर्खास्त हो गई होगी और लोग सोने के लिए अपने-अपने घर की तरफ निकल पड़े होंगे। बंबई में इस वक्त रात ने अपने पंख खोले ही होंगे।

राजधानी एक्सप्रेस तेज़ी के साथ बंबई ले जा रही है।

राजधानी के छूटने तक स्टेशन पर बाइस मित्र पहुँच गए थे। एकदम मेले जैसा माहौल था। सबसे अंत में अजय आया था—आत्मीयता से लथपथ और थकान से लबरेज़। वह भागता हुआ आया था कि कहीं गाड़ी चल न दे। रास्ते के लिए वह ओल्ड मौंक की बोतल लाया था। बोतल थमाते समय वह अपने पिता की तरह निश्छल हँसी हँस रहा था। उसने मजे ले-लेकर बताया कि कैसे उसके हाथ में खुले आम शराब की बोतल देखकर पुलिस वाले की आँख पर चढ़ा चश्मा फिसल गया था और वह अरे-अरे करता दौड़ा था लेकिन अजय उसे भीड़ में झाँसा देकर निकल आया था।

"इसे बेग में रख लो गुरु। अब इसकी हिफाजत तुम्हें करनी है।" अजय बोला था और हँसने लगा था।

छोटा भाई राकेश मेरा मनपसंद गोभी का अचार लाया था, जिसे मेरी माँ ने तीन दिन में तैयार कर दिया था। कौशल 'किसान' की पत्नी ने चाँदनी चौक की मशहूर बड़ियाँ भेजी थीं। योगेंद्रजी का नेपाली ड्राइवर केशव कीमा मटर दे गया था, रात के लिए। यह जानते हुए भी कि राजधानी में अच्छा खाना मिलता है, योगेंद्रजी ने फोन पर हँसते हुए कहा था, "कीमा मटर थोड़े ही मिलेगा।" उन्होंने अपनी गाड़ी अनुपम निवास भेज दी थी। उसी गाड़ी ने मुझे राजधानी तक छोड़ दिया था।

सतीश, रवि, उमेशजी, धर्मेश, नीलेंद्र भी थे। नीलेंद्र अपना नया उपन्यास लाया था। सहीराम और रामकुमार भी आए थे।

सब थे। नहीं थी तो लतिका।

छह साल पहले मैं पहली बार बंबई जा रहा था । तब मैंने बहुत शिद्दत से चाहा था कि मेरे मित्रों में से कोई तो मुझे छोड़ने आएगा। लेकिन तब प्लेटफॉर्म खाली था और वहाँ सिर्फ लतिका खड़ी थी, मुझे दिलासा देते हुए। मैं अपनी आँख से निकला आँसू लतिका की हथेली पर रखकर अकेला ही बंबई चला गया था।

मेरी आँख में फिर एक आँसू उतरा। बीते दुखों की आँधी फिर मुझे अपनी ज़द में लेने को थी। उस आँधी से खुद को बचाकर मैंने वापस मित्रों की तरफ देखा—सबके पार, सबसे अंत में ईश्वर अपनी आँख पोंछता हुआ विदा का हाथ हिला रहा था।

आज तुम हँसे नहीं ईश्वर! मैंने बेआवाज़ पूछा था।

ईश्वर रो रहा था।

गाड़ी बंबई के लिए छूट रही थी।

उस छूट रही गाड़ी के शोर में दिल्ली के नौ महीने छह साल बाद भी आँधियों की तरह बज रहे थे।

□□□